加速世界

Accel World

14 激光的大天使

川原 礫

插畫 / HIMA

Roller」綸救出作戰，發動——！
Black Lotus
黑雪公主
Sky Raker
楓子
Ardor Maiden
謠
Scarlet Rain
仁子

「Aqua Current」晶暨「Ash
Cyan Pile
拓武
Silver Crow
春雪
Lime Bell
千百合
Blood Leopard
Pard小姐

「——本宮所受的傷，
就拿你們的痛哭來撫慰吧。
——獻上你們累積的時光精華。」
「……要甩掉……！」
青龍
把守「禁城」東門的超級公敵
「四神」之一。

「——要來了！
是『等級吸收』！」
「那就是『青龍』……！」

「那……那是……
難道說……！」

梅丹佐
把守「加速研究社」大本營的「大天使」，
神獸級公敵。

「加速世界」的「軍團」分布地圖

「禁城」

位於現實世界當中的「皇居」。「禁城」東南西北各有一座高聳的城門，由四隻被譽為最強的「超級」公敵把守。這些稱為「四神」的公敵，有著更超乎「神獸級」公敵之上的絕對地位。

分別是北門的「玄武」、南門的「朱雀」、西門的「白虎」與東門的「青龍」。

先前「Ardor Maiden」就在「朱雀」所把守的南門前，陷入「無限EK」而無法脫身。

「Graphite Edge」似乎也同樣被困在「玄武」所把守的北門。

現在「黑暗星雲」等人正前往「青龍」把守的東門，以救出受困的「Aqua Current」。

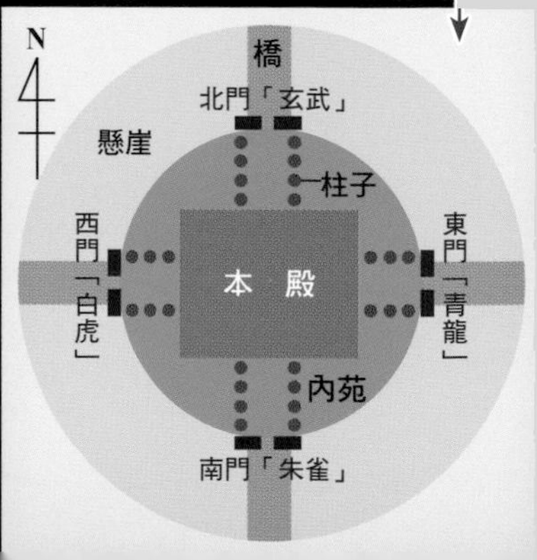

飛彈發射器，左右側還各配備一門大口徑雷射砲。而位於這可怕載具前方的駕駛艙裡，坐著日珥的團長——紅之王Scarlet Rain。也就是說，這輛貨櫃車就是以「不動要塞（Immortal Fortress）」外號名震加速世界的紅之王強化外裝「無敵號」變形而成。

從紅之王（仁子）的語音指令聽來，這輛貨櫃車叫做「無畏號」。貨櫃車約在五分鐘前由杉並戰區的梅鄉國中出發，現在正行駛在中野第二戰區的小路上。要前往第一個目的地所在的禁城東門，最短路線是一直沿著青梅大道往東開，從山手線高架底下穿過之後轉到新宿大道上，經由御苑前、四谷走內堀大道，但無限制空間的幹線道路上，有著巨獸級公敵在徘徊。

當然了，憑著這個有兩個王在內的陣容，就算遇上巨獸級公敵，應該也花不了多少時間就能打倒。問題是在於這條移動路線的大部分，都位於藍之團「獅子座流星雨」的領土。一旦遇上他們的獵公敵團隊，肯定不可能笑著放他們通過。

考慮到這些問題，這輛大型貨櫃車才會避開寬廣的青梅大道來行駛，但世紀末屬性下的道路上，有許多柏油路面凹陷，或是放著汽油桶，實在說不上淨空。小路沒有多餘的空間可以躲開路上的障礙，所以搖得很厲害，但車輛沒有一次困得難以動彈，也並未撞上建築物，就這麼一路開下去，說起來反而應該讚賞仁子的技術。

春雪與謠並肩站在貨櫃車最後面，一邊想著這樣的念頭，一邊仰望無限制空間的天空。天空有著濃密而厚重的烏雲，但不時也可以從小小的縫隙中看到星星的光芒。由於加速世界的星圖完全仿現實世界重現，而現在是六月，所以東方天空較低的地方，應該可以看到夏季大三角在發光。

說來春雪得知這件事，就是在他和謠一起困在禁城的時候。當時春雪無力地癱坐在地，謠就用她的小手將牽牛星——河鼓二（Altair）指給他看，告訴他說黎明期的超頻連線者也曾這樣仰望星空，而幾個主要軍團的名號也都和宇宙有關。

Nega Nebula是「黑暗星雲」、Prominence是「日珥」、Leonids是「獅子座流星雨」。

成功逃出禁城之後，春雪自己也曾查過，查出綠之團的名稱「Great Wall」指的是一道距離地球兩億光年的地方，由無數銀河系形成的牆壁。同樣的，紫之團的「Aurora Oval」則是指圍繞地球兩極，經常可以看見極光的橢圓形區域。只有黃之團的「Crypt Cosmic Circus」很有Yellow Radio那愛作怪的風格，命名上和宇宙用語無關。

而白之團「Oscillatory Universe」的名稱，翻譯過來則是「震盪宇宙」。

對春雪來說，就屬這個詞最為艱澀。所謂震盪宇宙學說，是將近百年前提倡的理論，內容簡而言之就是認為「宇宙會反覆膨脹與收縮」。膨脹就是春雪也很清楚的宇宙大爆炸，相較之下，收縮則稱為宇宙大崩墜。這個理論認為宇宙會以長達數百億年的週期，反覆進行宇宙大爆炸與宇宙大崩墜，也就是反覆創造與破壞，包括地球與銀河系在內的現有宇宙，將來都會收縮為一個小點而消失——但其實這震盪宇宙學說似乎早已被否決，不再有人提起。

那麼外號「剎那的永恆(Transient Eternity)」的白之王White Cosmos，又是在什麼樣的意圖之下，才會用已經被否決的理論來為自己的軍團命名呢？

春雪終究無法只靠自己推想，就得到這個問題的答案。白之王的親生妹妹黑雪公主或許會知道，但他實在無法貿然提起。因為白之王就是巧妙利用黑雪公主來打光初代紅之王Red Rider所有點數的主謀，而黑雪公主現在會獨自住在阿佐谷住宅區的平房，原因也是出在她當初在對姊姊的憤怒與憎恨驅使下，在家庭內引發了嚴重衝突。

黑雪公主把這些事情原委告訴他，已經是三天前的事了。當時他們兩人在學生會室內獨處，她就以悲痛的聲音與表情說起這段過往。說起那段起始於純色七王升上9級，最終導致第一代黑暗星雲分崩離析的慘烈故事。

兩天前的星期五，黑雪公主與倉崎楓子一起來春雪家過夜時，看似已經恢復往常的平靜。無論是昨天的領土戰，還是今天的校慶，都感覺不出她有什麼異狀。

但其實她不可能平靜。黑雪公主內心的水面，肯定還不斷起著不規則的漣漪。因為讓黑雪公主動搖的最直接原因——春雪在世田谷戰區拿到的「ＩＳＳ套件封印卡」上所刻的Red Rider的徽章，這當中的謎團都尚未解開。

春雪將視線從夜空拉回，注視著站在貨櫃正中央的黑之王Black Lotus那纖細的背影。

其他團員的身體都在車身震動下跟著晃動，只有具備浮游能力的黑雪公主幾乎完全維持在靜止狀態。她雙手環抱，雙腳併攏，彷彿自己就成了一把黑色的劍。看到她這樣的背影，春雪不由自主地想起研磨得極為銳利的刀劍，強而有力之中，卻又有著一種脆弱。

黑雪公主對本次作戰所懷抱的期望，多半是貨櫃車上的八個人之中最大也最沉重的。無論是第一目標——救出在禁城東門陷入無限ＥＫ狀態的Aqua Current，還是第二目標——破壞藏在東京中城大樓當中的ＩＳＳ套件本體，兩者都與兩年又十個月前的事情有著直接的關連。

她和Current已經在現實世界中重逢，仔細交換過情報，所以第一項作戰當中需要的只有決心；但第二項作戰裡則留有重大的不確定因素，也就是ＩＳＳ套件與初代紅之王Red Rider之間的關係。在「雙槍交叉徽章（Crossed Guns Emblem）」之謎尚未解開時，誰也不知道中城大樓裡會發生什麼事。說不定會有比把守大樓的神獸級公敵——大天使梅丹佐更難以跨越的障礙。

——可是。

春雪用力握緊右拳，在心中發誓。

——不管發生什麼事，我都要保護黑雪公主學姊。不只是學姊……還有阿拓、小百、楓子師父、四埜宮學妹、可倫姊、Pard小姐，還有仁子，我也一樣要保護。因為我想救綸同學與Ash兄，而大家一句反對的話都不說，就這麼乾脆地來幫我。我絕對要破壞ＩＳＳ套件的本體，跟大家一起回到現實世界。然後，還要把綸同學、Pard小姐和仁子她們也好好介紹給可倫姊看四埜宮學妹她們認識，大家一起把剩下的校慶……

「啊…………」

想到這裡，春雪才終於猜到謠問他「你還記得嗎？」指的是什麼。他朝站在身旁的Ardor Maiden望去，嬌小的巫女似乎只看這個動作就看出了他的心思，散發出微笑的氣息說：

「鴉鴉，你想起來了嗎？」

「嗯……嗯。我在禁城裡對小梅說過……說有朋友想介紹給妳認識。」

「就是這樣。」

謠先點了點頭，才將視線拉回前方——拉回到從貨櫃背面無法直接看到的駕駛艙部分。

「當時鴉鴉說的朋友，就是紅之王Scarlet Rain吧？」

「嗯。」

春雪點頭回應，同時回想十二天前的記憶。

當他們成功入侵禁城正殿，走在木板走廊上時，春雪的確對謠說過。說等到各種問題全都解決後，有朋友想介紹給她認識。說這個朋友雖然有點囂張、粗魯，但個性非常善良，相信跟四埜宮學妹也一定可以成為好朋友。

但春雪當時沒能把這番話說完。因為他突然有了一種預感，覺得自己說出來的話一定不會實現。在介紹仁子給謠認識之前，就會先迎來某種破局。

但他的這種預感，到頭來都只是杞人憂天——應該是這樣。

從禁城逃脫出來的四天後，也就是二十四日的今天，仁子和謠在有田家舉辦的咖哩派對席上面對面，講了幾句話。當時聚會的主要目的，是要商討如何訓練春雪學習「理論鏡面」特殊能力，所以吃完飯就急急忙忙移往無限制空間。但只要等今天的作戰結束之後，再好好介紹一次就行了。就帶仁子、Pard小姐和綸去後院的飼育小木屋，把謠和小咕介紹給她們認識。

春雪下定決心，再度對謠開口：

「……不過仔細想想，用不著我引見，小梅妳在很久以前就已經和仁子……和Rain認識了啊。就在以前黑暗星雲和日珥的領土戰裡。」

「是啊。可是，我在戰場上也只和她打過一次招呼，而在現實世界裡更是不曾見過……鴉鴉肯幫我介紹Rain姊，真的讓我非常高興。我想我們都是紅色系，一定可以成為好朋友。」

「嗯，一定……一定可以。」

春雪這句話有一半是說給自己聽，說完把頭轉回前方。

就在發出轟然巨響疾駛的貨櫃車前方右側，一群半毀的建築物群後方，正慢慢現出一棟格外巨大的大樓。那極具特色的雙塔輪廓，無疑就是東京都廳。高達五百公尺的大樓頂端，完全被翻騰的烏雲遮住。

有謠言說無限制中立空間的都廳最頂樓特別展望台裡，常備著藍之王Blue Knight的王座。當然王並不是一直坐在那兒，但這位仁子稱之為「Originator」的9級玩家，正從現在春雪仰望的大樓樓頂笑看凡塵的可能性，或許也是有個百分之零點零零零一左右。

照原本的行程規劃，中城大樓攻略作戰應該會在即將於數日內舉辦的第四屆七王會議之後，定在下個週末進行。攻擊部隊將會由所有軍團精挑細選過的精銳構成，也許就連Blue Knight與Green Grandee他們也會參加，相信規模遠非現在搭乘貨櫃車的成員加上Aqua Current的九個人所能相比。

但就如黑雪公主在出發前所說，七王會議中提到的情報，有可能經由「四眼分析者（Quad Eyes Analyst）」Argon Array洩漏給加速研究社知道。而研究社方面當然也會祭出他們的拿手好戲，設下一道又一道的陷阱來對付攻擊團隊。以大規模部隊正面硬攻，未必就是最好的策略。

相反的，也就是說要讓今天這種突發性的攻略作戰成功，就必須完美做到「奇襲」與「快攻」這兩個要求。他們必須在加速研究社注意到有人來犯之前就打倒梅丹佐，迅速進入中城大樓，破壞ＩＳＳ套件本體。

作戰中最重要的關鍵，就是春雪學會的「光學傳導（Optical Conduction）」特殊能力。這項與當初想學的「理論鏡面（Theoretical Mirror）」似是而非的能力，對梅丹佐的瞬殺級雷射到底管不管用，將會對整個作戰的成敗產生決定性的影響。

若要求萬無一失，也許應該先在正式展開作戰前先請仁子用「無敵號」的主砲攻擊春雪，試試看他有沒有辦法反射。然而即使失敗，現在也沒有時間重新修練，而且就算反彈得了仁子的雷射，也沒有人能夠保證對上梅丹佐的雷射時也一樣能夠反彈。既然演變成現在的事態，與其懷疑，還不如選擇相信。相信自己——也相信拚命幫助春雪學會特殊能力的千百合與謠這些好伙伴。

貨櫃車開過都廳北側，從小路回到靖國大道上後，很快就看到新宿車站北側的高架鐵路。巨大的裝甲車輛挾帶著地鳴聲，接近山手線高架鐵路下方的道路。

「……啊，糟糕。」

忽然從喇叭聽到仁子說出這句話，黑雪公主立刻反問：

「紅之王，什麼事情糟糕？」

「沒有啦，我本來想說這高架鐵路下面的空間剛好可以鑽過去……可是既然是剛好，就表示沒有多餘的空間讓站在車上的你們……」

「…………」

眾人默不吭聲，凝視前方迎面而來的高架鐵路。仁子說得沒錯，如果只有車身，從路面到高架的高度多半勉強可以開過去，但車頂上的七個乘客怎麼想都不只是撞到頭就能了事……

「喂……喂，既然注意到，停車不就好了？」

黑雪公主理解狀況之後這麼呼喊，但十二個車輪絲毫沒有要放慢旋轉的跡象。轟然作響的行駛聲中，聽到仁子漫不在乎地回答：

「不行啦，因為啊，這車沒有煞車呀。」

「什……什……什麼？」

「所以啦，Lotus，就交給妳了。通話完畢。」

「說什麼完畢！沒有煞車的車子，根本就，呃……啊……」

看到黑雪公主一時間想不出恰當的比喻，一旁的楓子就從輪椅上悠哉地回答：

「雖然常有人說戀愛就像沒有煞車的車子，可是反過來的比喻就不太好想了呢。」

「……Raker，妳為什麼這麼老神在在。」

「哎呀，因為就算真有什麼事，我也還有疾風推進器嘛。」

「這……這樣太賊了啦！」

春雪膽戰心驚地聽著團長與副團長的對話，不由得心想：「原來如此，我也只要飛起來就NP（沒有問題）」，但他終究不能獨自逃往上空。想著想著，貨櫃車已經開到高架前方的下坡，以更快的速度衝向鋼鐵的高架橋。

這時眾人聽見了一個堅毅的說話聲。

「軍團長，請交給我！」

這個往前踏了幾步的人，是身披水藍色重裝甲的Cyan Pile——拓武。他以右手的強化外裝「打樁機（Pile Driver）」瞄向前方，接著大喊：

「我早就料到會有這種情形，所以事先就集滿了必殺技計量表！看我的！——『雷霆快槍』！」

從強化外裝的射出孔外露的鋼鐵尖樁，化為一道藍白色的光槍，筆直發射出去。超高溫電漿瞬間貫穿了生滿紅鏽的高架橋鋼材，打出一個直徑十公分左右的洞後繼續穿出，消失在東新宿的天空。

這一招引發的現象就只有這樣。高架橋並未被轟掉或崩塌，繼續存在於他們的去路上。Pile的4級必殺技「雷霆快槍」是一種兼具貫穿屬性與高熱屬性的強力攻擊，但由於威力集中在單一點上，如果打在結構鬆散的目標上，大部分能量都會往後方穿出，很難造成大規模的破壞。

——說起來應該就是這麼回事吧。

春雪如此推測，拓武驚愕地呆住，千百合則輕輕拍了拍他的左手意示安慰。

黑雪公主則晚了一會兒後深深點頭，以肅穆的語氣說：

「也還好，我不會讓Pile的努力白費。剩下就交給我吧。」

她維持雙手抱胸的姿勢，移動到貨櫃車最前方，和原本待在那兒的Pard小姐換位，輕輕舉起右腳劍。眼看距離高架橋只剩五公尺，三公尺……

「——『死亡彈幕』。」

喊出招式名稱的同時，黑之王的右腳化為圓錐狀的影子。並不是她的腳失去了實體，而是以驚人的速度不斷踢出。這每秒超過一百踢的連續攻擊，就連春雪的眼力也無法捕捉清楚。

緊接著，貨櫃車的駕駛艙部分開進高架橋下，上緣與鋼材擦出火花。眼看鋼樑就要迎面撞上黑雪公主，下一瞬間，卻化為無數金屬片往左右飛散。

Black Lotus的右腳就如同把Cyan Pile打出的洞挖大般的一路挖掘鋼樑前進。火花與噪音都意外的小，不像在挖掘金屬，反而像是用裁紙機在裁切紙張。

Pard小姐在化為隧道挖掘機的黑之王背後蹲下，於是其餘五人也趕緊轉為單膝跪地的姿勢——楓子則仍然坐在輪椅上——排成一排。貨櫃車只花了不到三秒鐘就從高架鐵路下方開過，從山手線的東側穿出。當站在最後的春雪回頭一看，鋼樑已經開出了一條直徑約有一點五公尺的大洞。

「蓮姊的腳還是一樣好可怕說。」

蹲在前面的謠小聲這麼說，於是春雪也小聲補充：

「其實她的手也夠可怕了……」

當事人黑雪公主則悠然放下右腳，再度回到貨櫃車正中央。先清了清嗓子，才對有點沮喪的拓武說：

「嗯嗯……Pile，你別這麼沮喪。是我告訴你說應該去發展符合虛擬角色屬性的能力，而且相信你的招式所具備的貫通力，也一定有機會拯救大家。」

「是……是啊，這我明白，可是……最近我也不時會覺得，是不是應該讓自己的攻擊能力多一些變化……」

「這個問題很難有定論呢。」

以平靜語氣說出這句話的人是楓子。她先讓輪椅微微前進，與黑雪公主並排，然後才說：

「到底該追求萬能型還是專精型，是早從加速世界的最初期就一直議論到現在的命題，而且過了七年以上，到現在還得不出答案。如果要說得精確一點，多半應該說是各個軍團的答案都不一樣。我們黑暗星雲的方針是『會猶豫就選專精！』，但極光環帶和ＣＣ（黃之團）這些軍團裡也有不少萬能型角色存在——倒是日珥的方針……」

「想也知道，專精專精專精！」

聽到仁子的嚷嚷聲從喇叭中傳來，眾人都大表認同地點點頭。紅之王Scarlet Rain本身就是遠距離火力專精型的代名詞，而坐在貨櫃車前面的副團長Blood Leopard，也是儘管屬於紅色系，卻專精於敏捷度與撕咬攻擊。

這時換千百合舉起右手，踴躍表示想發言。

「可是啊，要是專精得太過火，也可能光是抽到對自己不利的場地屬性就沒了勝算吧？舉個極端一點的例子，像是專精火焰攻擊的虛擬角色，在只能打水中戰的『大海場地』裡，根本就什麼都不能做……我也會覺得這樣好像不太好……」

「照常理推想，妳說得沒錯。」

楓子面帶微笑地肯定千百合這番話。接著將目光投向站在春雪身旁的謠，然後繼續說：

「舉例來說，Ardor Maiden就是黑暗星雲裡最專精遠程火力的對戰虛擬角色。也因此，水系場地說不上對她有利。畢竟她的主武器是火焰箭，別說是水中，在豪雨下也會消失。相信Maiden在4、5級的時候，也曾經遇到她的瓶頸……沒錯吧，小梅？」

經她這麼一問，謠點了點頭。天藍色的虛擬角色將她溫暖的目光，投注在因為受到矚目而害羞得縮起肩膀的嬌小巫女身上並說道：

「……可是Maiden並不追求其他屬性的力量，而是持續磨練自己的能力。後來對戰虛擬角色也回應了她的意志。小梅，現在妳能創造出來的最強火焰……當然我是指普通的必殺技……可以在『大海』場地的海水裡穿過幾公尺？」

「呃……大概，是三十公尺左右。」

聽謠靦腆地小聲答出這句話，春雪、拓武與千百合這三名新秀都啞口無言地瞪大眼睛。過了好一會兒，拓武才以難以置信的表情說：

「……Maiden前輩，妳的意思也就是說……在水中發射出去的火焰攻擊不會馬上消失，還能打到三十公尺之遠？」

謠只默默點點頭，黑雪公主接過話說道：

「記得我以前看到的時候，射程還只有一半左右……Maiden，所以妳後來也一直在精益求精啊。火焰在水中激出白色泡沫在海中劃過的模樣，真的是非常漂亮。」

「哇~我也好想看喔！不知道下次變遷會不會變成『大海』！」

聽到千百合事不關己的嬉鬧，駕駛艙的仁子趕緊大喊：

「喂，不要亂許願！會害好不容易弄出來的貨櫃車泡水啊！」

「NP（沒有問題），只要開發出戰艦模式就好。」

Pard小姐的回應引來眾人開懷大笑。

等笑聲平息，拓武銘感五內似的深深點頭。

「我明白了，軍團長、Raker姊。說穿了，關鍵就在能夠相信自己的對戰虛擬角色到什麼地步，是吧？Cyan Pile是由我自己的心創造出來的，我會相信它到最後……畢竟我跟小春還有重要的約定。」

拓武最後這句話有一半像是對自己說的，其中所灌注的意志也強而有力地傳達給了春雪。

五天前，春雪和Wolfram Cerberus初次對戰而輸得一敗塗地，去到拓武房間時，就和這位好友訂下一個約定。說等他們升上7級——到達高階玩家境界的入口之後，就要拿出彼此的渾身解數認真打一場。

他們兩人連6級都還沒升上，這個約定自然有些遙遠，但他們片刻都不應忘記這個誓言。

因為加速世界中的任何一場戰鬥，任何一次經驗，都將在時機成熟時發揮關鍵性的影響。

春雪踏出一步，一鼓作氣地說：

「就是說啊，阿拓。我的Silver Crow又豈止是專精在飛行能力上，可是事到如今，我也不會想把它練成萬能型。因為我們的對戰虛擬角色，不是系統給我們的遊戲用角色……」

「……是我們的分身。」

看到他們兩人對望一眼，用力深深點頭，千百合以覺得有點噁心似的視線看著他們逼問說：

「…………你們說有重要的約定，是什麼約定？」

「呃，對不起，小千，這個我萬萬不能說……」

「畢竟男人跟男人的約定，本來就不能隨便亂講出去啊！」

這群兒時玩伴中的第三者，朝挺起胸膛這麼喊的春雪瞪了一眼，發出充滿懷疑的聲音：

「我倒是覺得你們兩個保密的事情，好像都不會演變成什麼好事。」

「才……才沒這回事！以前哪裡有鬧過什麼大事，呃……」

看到春雪彎著右手手指愈數愈多件，諸位女性只能拿他沒輒似的搖搖頭。

就在眾人談話之餘，裝甲貨櫃車仍然繼續疾駛，穿過新宿御苑北側，就要開到四谷站附近。再開個幾分鐘，就會抵達現實中的半藏門——加速世界之中的禁城西門。

過去黑雪公主與楓子曾率領前黑暗星雲的一支部隊，來挑戰把守此處的超級公敵「四神」白虎。眾人儘管受到速度快如狂風的神獸爪牙蹂躪，但靠著楓子的疾風推進器，總算勉強逃出白虎的防守範圍，所以禁城四方門之中，就只有西門沒有任何一人受困。也因此，在黑暗星雲再度試圖進攻禁城之前，春雪應該暫時不會有機會看見白虎的模樣。

當貨櫃車開過四谷站，開到平緩的上坡坡頂，就看到一個擋在去路上的巨大輪廓映入眼簾。

儘管處在所有建築物都應半毀的世紀末空間中，這高聳的城牆仍然沒有一處缺損，形成一整片黑影聳立在眼前。城牆後方微微浮現出形體的正殿，則是兼具哥德式建築復古味與近代建築堅硬質感的造型。那夜霧中無數火堆跳動的模樣，顯得詭譎卻又美麗。

無限制中立空間裡的禁城不同於現實中的皇居，形成一個直徑一點五公里的正圓形。周圍有無底峽谷圍繞，而且峽谷上空有著異常重力，無論是用春雪的翅膀還是楓子的推進器，都沒有辦法飛越。唯一能夠越過峽谷的手段，就是通往東西南北四座城門的那種三十公尺寬的大橋。

由仁子操縱的貨櫃車從小路開到新宿大道上之後，先在與內幅大道相交的丁字路前方停下動力，讓車身自然減速。正面看得到西方大橋與城門，但只要踏上一步，四神白虎就會醒來。貨櫃車讓十二個輪胎磨出尖銳的聲響折往右方，開上沿著無限斷崖往前延伸的道路後，再度讓引擎發出運作聲，開始往南開去。

春雪靠到貨櫃車的左側，抬頭望向隔著五百公尺寬的峽谷聳立的城牆黑影。那道城牆後面，住著無數的衛兵公敵，以及一名少年超頻連線者。當然他也不是永遠待在線上，但從他的口氣聽來，似乎已經在加速世界過了相當長的時間。所以現在這一瞬間，他真的出現在短短一公里外之處的機率，或許比藍之王Blue Knight待在都廳的機率還高。

春雪在十天前的禁城逃脫作戰之際，和他——擁有神器「The Infinity」的年輕武士型虛擬角色「Trilead Tetraoxide」約好將來要再見一面。由於即將展開的Aqua Current救出作戰計畫中，並不打算衝到禁城內部——說來上次的Ardor Maiden救出作戰本來也不打算進去——所以這次無望和他再會。

——可是將來有一天，我們一定要再見面啊，Lead。

春雪朝著城牆的另一頭發出無聲的呼喚。

結果站在身旁的謠彷彿聽見了他的聲音，朝著他微微一笑，點了點頭。

貨櫃車在呈平緩弧線的內堀大道上急馳，沒過多久就通過了由四神朱雀把守的南門前方，也就是一直到十二天前，都封印著Ardor Maiden的地方。眾人看著右側那塊想必是現實世界中日比谷公園所在處的荒地，徐徐往北轉進。

等丸之內那一帶的辦公大樓群從黑暗中現身，引擎轉速就開始下降。車身繼續靠著慣性行進了一百公尺左右，才停在一個大路口的正中央。

「終點禁城東門前到了！各位旅客請趕快給我下車♪」

乘客聽從莫名改用天使模式的車內廣播指示，接連跳到地上。最後由春雪抱著楓子的輪椅著地，巨大貨櫃車就籠罩在一陣紅光中消失無蹤，接著一名深紅色的少女型虛擬角色，從原先駕駛艙所在的位置蹦了出來。

「唔唔～路都那麼小，開起來有夠磨神經的。回程我一定要開首都高速公路飆個痛快！」

「咦咦咦！沒煞車還要去飆車喔？」

春雪先忍不住叫出聲來，才又趕緊改口說：

「可……可是看來首都高的高架道路到處都有崩塌啊。所以我就想說那樣應該不太能讓大型車開在上面……」

結果仁子雙手攏在腦後，若無其事地回答：

「連續兩次作戰之間，總會來上一次變遷吧。而且也差不多想要它來了，然後如果能抽到火屬性的『熔岩』或是『焦土』就再好不過了……」

「咦？為什麼……等等，啊，對喔。如果抽到火屬性空間，那麼四神青龍的力量就會變弱了……」

「唔。不過也可能反而抽到水屬性啊……」

黑雪公主踏上幾步，來到仁子身旁，將她的鏡面護目鏡朝向昏暗的天空說：

「既然是不會下雨的世紀末屬性，就應該當作是運氣好了。別說這個了，如果真要期待變遷，我還比較希望把幸運都累積到下一場的梅丹佐攻略作戰。」

「說得也是……希望最好是盡量高階的黑暗系屬性，如果可以……」

楓子坐在由春雪幫忙推的輪椅上，靜靜地說下去：

「……最好是換成黑暗系的頂點『地獄』屬性。這樣一來，我們也就可以和鴉同學一起對抗梅丹佐了……」

「說得也是……不過就連我在無限制空間裡看到地獄屬性的次數，也是一隻手就數得出來。雖然我們也可以選擇等完七天時間，但我想可能性應該是無限趨近於零……」

沉默一瞬間籠罩整個場面，卻又被千百合開朗的聲音打破。

「不用擔心啦，學姊、姊姊！Crow那麼努力去學會『光學傳導』特殊能力，就是為了解決這個問題啊！只不過是梅丹佐的雷射，他一定可以愛怎麼反射就怎麼反射的！」

——遇到這樣的場面，大概至少應該說一句：「好，包在我身上！」吧。

春雪想到了這樣的念頭，但說出來的卻還是平常說的：「我……我會努力。」

不過，不知何時起站在春雪身後的Pard小姐輕輕拍了他的肩膀，然後點了點頭。

「K。憑你一定可以的。」

「好……好的！」

春雪轉身面對這名儘管語氣冷淡，卻總是溫和鼓勵他的年長女性超頻連線者，準備表明自己堅定的決心。但他才剛深深吸一口氣，Pard小姐就以充滿力與美的動作往前踏出了幾步。她輕輕搖動長尾巴，無聲地步行到路口西側，面對聳立在前方不遠處的禁城。

春雪看著這個豹人型虛擬角色那纖細又強健的背影，慢慢吐出了憋在胸口的氣。

沒錯，現在不是分心去想梅丹佐那一戰的時候了。在那之前，還有另一個目標需要全力去達成。那就是救出被封印在禁城東門的黑暗星雲「四大元素」之一，Aqua Current。

春雪握緊從楓子輪椅上放開的雙手，慢慢轉過身來，將四周的光景牢牢印在腦海中。

北邊看得到東京消防廳與氣象廳的廳舍大樓，以及首都高速公路環狀線的高架道路。東邊可以看到東京車站座落在一條寬廣的道路底端。儘管車站本身在世紀末屬性下仍然維持紅磚建築，但四處都有牆壁崩塌或焦黑。

往南看去，則是先前他們通過的日比谷公園、霞關的政府機關大樓群。遙遠的地平線上矗立的細小鐵塔，大概是東京鐵塔的遺址吧？

而西方則有著架在無底斷崖上的鋼鐵大橋，以及後方緊閉的巨大城門。縱橫都有三十公尺左右的門也是鋼鐵所製，但黑黝黝的表層看不到半點鏽蝕或凹陷。彷彿在以「大浩劫後」為主題的世紀末空間之中，仍然拒絕受到任何侵蝕。

「禁城……東門……」

聽到春雪的低語，黑雪公主來到他右邊，輕輕點點頭說：

「可倫就被封印在這扇門前方的祭壇上。關於救出作戰的細節，我們等一下會進行簡報，但相信就和南門那次一樣，必須請你肩負起重要的職責……每次都要這麼依靠你，身為你的上輩，又是軍團長，這樣實在很沒出息，可是春雪，我們還是要靠你了。」

「哪兒的話……真要說起來，今天會展開這次作戰，就是因為我拜託學姊你們……」

「不對，既然可倫回歸到軍團，救她離開禁城就是非得立刻完成不可的目標，梅丹佐的攻略也是一樣。畢竟ＩＳＳ套件的散播離感染爆發只差一步……我反而認為是你的意志推了還在原地踏步的我一把。」

黑雪公主用左手劍的側面輕輕碰上春雪的右手，面罩也湊到他耳邊輕聲說：

「……坦白說，我心中仍然有著消不去的恐懼，害怕面對四神青龍時，會不會造成新的犧牲者增加……也害怕在東京中城大樓，會不會面臨到我作夢也想不到的事實。可是，我同時也相信，相信無論遇到任何苦難，你的銀色翅膀都能夠撕裂……」

「……是。」

春雪本想回答更多，但一股熱流衝上喉頭，讓他光是擠出這句短短的回答就已經竭盡全力。他並不多說，只用右手指尖輕輕籠住黑雪公主的左手劍尖。他手指上灌注了力道，灌注了哪怕再多一分都會被「終結劍(Terminate Sword)」斬斷手指的力道，勉強多擠出了幾句話：

「不用擔心……不管發生什麼事，我都會保護學姊，還有大家。」

黑雪公主不應聲，只深深點頭，就這麼讓臉輕輕碰在春雪的頭盔上。

唯獨現在，每個人看著他們兩人緊緊相依地仰望鋼鐵城門，卻都不說話捉弄或取笑。黑雪公主和春雪依偎了幾秒鐘後，挺直腰桿從他身上分開，轉過身來面對背後的六個人。她伸出左手打開系統選單，先朝只有她看得見的視窗一瞥，接著發出堅毅的聲音說：

「從我們進入無限制空間到現在，正好過了三十分鐘……等於現實世界中過了一點八秒。按照計畫，Aqua Current會比我們晚十秒登入，算來就是這邊的兩小時四十六分鐘後。也就是說，我們還有兩小時十六分鐘的彈性時間。我們就先休息十五分鐘，然後開始進行救出作戰的簡報。」

「好～那我就去東京車站給他觀光……」

仁子話還沒說完，黑雪公主就發出很兇的聲音。

「不～可～以～！那邊有傳送門，而且鐵路另一邊就是極光環帶的領土。萬一撞見紫之王(Thorn)的部下，事情就會弄得無敵麻煩了。」

「啊啊……這說得也是啦。」

仁子乖乖點頭，看樣子就連她也不想主動和紫之王Purple Thorn扯上關係。

「沒辦法，那就請博士來一段禁城觀光導覽吧？」

「咦……咦咦！為什麼是我？」

看到拓武突然被扯到而慌了手腳，仁子用綠色的鏡頭眼白了他一眼。

「博士你該不會忘了我以前花了多少時間陪你修練心念吧？我話先說在前面，就連對日珥（我們團）的團員，我都沒幫他們上過這麼特別的課呢！」

「我……我當然沒忘！可是說要導覽，我們又進不去禁城……」

「介紹這裡看得到的範圍就好啦。像這扇東門，在現實世界裡應該也有不一樣的名字，或是一些歷史小知識吧？」

仁子用她小巧可愛的右手朝鋼鐵城門一指，拓武與其他六人也都不約而同地望去。聽她這麼一說，就想到禁城四方門的確都對應到設於現實世界中皇居——以前的江戶城——東南西北的四座城門。就像西門又叫作半藏門，南門又叫作櫻田門，東門應該也有這種現實世界中的不同名稱。

眾人一同將視線拉回拓武身上，這位擔任軍團參謀的藍色系對戰虛擬角色先清了清嗓子，然後開始進行略顯生硬的講解：

「呃……禁城東門在現實世界中稱為『坂下門』。是江戶城內曲輪門之一，也就是一八六二年一月，六名水戶藩士襲擊老中安藤信正的地方。」

突然進入上課氣氛，讓春雪的大腦差點引發排斥反應，但同時又有一部分記憶受到刺激，讓他上半身扭向奇妙的角度，沉吟著說：

「呃呃……這我總覺得好像聽過……就是那個，這個……對了，是『坂下門外事變』！」

春雪奇蹟般地成功播放出記憶，喊得十分起勁，但千百合立刻丟出毫不留情的評語：

「都聽到坂下門了，一般都會想到這件事好不好？那我要考考你了！請問襲擊的理由是什麼呢！」

「嗚……呃，因為看位居老中的安藤不順眼，所以對他展開物理攻擊（PK）……」

「請詳述看不順眼的理由！」

「咦咦咦咦——……這個……記得是……」

春雪在意想不到的時候被來上這麼一段日本史小考，把絞盡腦汁盡可能擠出模糊的知識。

「這個……是安藤和美國簽訂條約，大力打壓反對條約的尊皇攘夷派人士……」

「噗噗～！」

千百合用嘴發出答錯的音效，接著楓子連人帶輪椅轉過來面向春雪，豎起食指笑嘻嘻地說：

「好可惜喔，鴉同學。你說的『安政大獄』是大老井伊直弼進行的，而他受到水戶浪士襲擊的地點是在那邊的南門，也就是所謂『櫻田門外事變』。事情發生在一八六〇年三月，所以大約是在坂下門外事變的兩年前。」

「啊……這……這樣啊……那，安藤是為什麼會受到襲擊？」

「安藤信正為了強化動盪的幕藩體制，推動將朝廷與幕府合一的『公武合體』。並讓孝明天皇的妹妹和宮公主，下嫁第十四代將軍德川家茂作為象徵。據說就是這個舉動，讓尊皇派的水戶浪士決心展開襲擊。」

接連出現的專有名詞，讓春雪的腦內快取記憶體容量幾乎被占光，但最後總算整理清楚，點點頭說：

「原……原來如此……——記得進攻方的浪士是六個人對吧？防守方……不對，我是說護衛安藤的武士，大概有多少人呢？」

對於他的這個問題，拓武再度清了清嗓子之後回答：

「據說有磐城平藩士四十五人進行護衛。磐城平藩位於現在的福島縣南部，是信正的領藩。」

春雪忍不住將這段解說中的內容，自動置換成磐城平軍團的四十五名團員，但並未說出口，只雙手抱胸沉吟：

「哇……六打四十五喔……？那戰績……不對，我是說襲擊的結果是……？」

「水戶藩士全員陣亡，磐城平藩士無人死亡，安藤信正也只是背上受傷，但成功逃進城內，平安無恙。」

「嗯～這樣啊……」

對於一百八十五年前在現實世界的這個地方刀劍相向的武士們，春雪當然並未了解到足以選擇支持哪一邊。但聽著拓武的解說，就忍不住硬是會把自己代換進去。把很久以前死在刀下的六名武士，代換成即將挑戰超級公敵的八名超頻連線者。

「唉唉唉，真是的，小春為什麼這麼好懂啊？」

突然聽到身邊傳來千百合受不了似的說話聲，春雪嚇得跳了起來。他轉頭一看，黃綠色的魔女型虛擬角色就搖了搖她的尖帽，一副拿他沒輒的模樣。

「我……我又哪裡好懂了？」

「反正你一定是在哭哭啼啼地想說我們也會全員陣亡吧？」

「嗚！」

「我說你喔，狀況根本就不一樣好不好！我們不是來暗殺老中，是來救可倫姊！而且你當初殺進禁城都沒事了，不要現在才在門前就皮皮挫好不好！」

雖然總覺得這論點強詞奪理，但被這位兒時玩伴以一貫的口氣說了這麼一大段話，就忍不住覺得「原來如此」。他深深點頭，握緊右拳回答：

「就是說啊，怎麼想都覺得這次我們才是正義的一方！反正人都來了，乾脆就用我們的正義之力，把青龍也給打倒，大賺一票點數……」

「不要得意忘形！」

春雪被她用「聖歌搖鈴」的稜角在側腹部上頂了一下，不再說話，其餘六人則不約而同地嘆了一口氣。

黑雪公主輕聲清了清嗓子，移動到橋的正面，像是要收起歡樂氣息似的說：

「好了，既然大家已經對即將來到的期末考做好了準備，我們也差不多開始進行作戰會議了。大家準備好了嗎？」

春雪心中確信眾人回答的聲音之所以會稍顯無力，肯定是黑之王的台詞中所包含的那三個字害的。

說有兩小時又十五分鐘的彈性時間，聽起來長得不得了，但做著詳盡的簡報，推演作戰狀況，時間轉眼間就過去了。

黑雪公主再度打開系統選單，看了一眼上面顯示的累計上線時間後，轉過身來宣告：

「好，離作戰開始還剩十五分鐘。可倫對時機應該會抓得相當精準，但在現實世界中零點一秒的誤差，在這個世界都會放大到一百秒。也就是說，我們必須把前後約兩分鐘左右的誤差也計算進去。」

在十二天前的Ardor Maiden救出作戰時所採用的步驟，是眾人先在無限制空間中做好準備，才請拓武從最靠近的傳送門下線，回到現實世界將加速的時機告知謠。

但這次Aqua Current——冰見晶的連線時間事先就已固定。也就是說，若是先遣隊衝向鐵橋的時機有所延遲，晶一現身就會被四神青龍所殺。所幸多虧了仁子的「計程車」，讓他們順利抵達禁城東門前方，準備工作也順利結束，但真正的難關才正要開始。春雪集中精神，以免漏聽黑雪公主的任何一句話。

「——上次我們和朱雀前後交戰兩次，得知系統似乎對四神賦予了超出神獸級公敵之上的高度ＡＩ。不見得會一直鎖定對牠造成最多損傷的人攻擊，而且有時還會做出反制我方意圖的行為。說不定我們還會陷入先前並未推演到的狀況，到時候也只能臨機應變，但還請各位以確保自己能夠脫身為最優先。我們無論如何，都萬萬不能再讓任何人受困在這裡。」

黑之王聲調冷靜，但春雪注意到只有在說最後一句話時，她的嗓音中混進了微微的苦澀。

黑雪公主與楓子在上次的禁城逃脫作戰之中，看到春雪與謠即將被朱雀噴火燒死時，就不惜犧牲自己來救他們。這種行動和她剛剛的話顯然有所矛盾，但相信這次黑雪公主一定也暗自下定了決心，只有她要以掩護同伴脫身為第一優先。

但相信無論是楓子、謠、拓武、千百合、仁子，或Pard小姐，也都有著同樣的想法。因為他們就是有著絕對不拋棄同伴的決心……不，應該說是信念，才會聚集在這裡。而這種心意，正是超頻連線者最強大的力量。

「這些我們都知道啦，Lotus！」

Scarlet Rain拿汽油桶當椅子坐，雙腳盪來盪去地這麼說：

「說穿了只要大家一起殺過去，接了Aqua Current，然後再全力跑掉不就好了？單程就只有五百公尺而已，輕輕鬆鬆啦！」

「Rain，雖然妳說只有，可是真的跑起來五百公尺可是很長的啊。來回就有一公里啦。」

「一公里又怎樣！我們學校的馬拉松比賽，六年級生整整要跑三公里啊！啊啊夠了，光想到就覺得沒力……」

「別自以為了不起！我們學校的馬拉松比賽可是要跑五公里啊！哪裡是沒力這麼簡單！」

兩個王的爭論有點離題，讓千百合一副拿她們沒輒的模樣插了嘴：

「仁子、學姊，我每天社團活動跑的距離都有妳們講的三倍了……」

「……真的假的？Lime Bell，妳活得不耐煩了嗎？」

「……不好意思，我們的爭論這麼低次元。」

等到黑雪公主輕輕低頭道歉，端正姿勢，目光在眾人身上掃過一圈，作戰前僵硬的氣氛也稍見緩和。她讓一對藍紫色的鏡頭眼慢慢眨動，發出平靜中蘊含著堅定意志的聲音：

「Rain說得沒錯，作戰本身非常單純。我相信憑我們的陣容，連青龍的猛攻也能夠突破——離作戰還有十分鐘，大家各就各位。」

2

「強化外裝（Enhanced Armament）」的本質是什麼呢？

相信若是低等級的超頻連線者被問到這個問題，幾乎都會回答是攻擊力的強化。這個答案絕對不算錯，像槍械或刀劍類型的強化外裝，都能讓對戰虛擬角色的攻擊力得到飛躍性的提升，增加戰術上的選擇幅度。

但換成在加速世界歷經無數次對戰，累積勝利與落敗經驗，升到中階以上等級的超頻連線者，就會注意到強化外裝真正的優勢是體現在防禦面。那不只是強化防禦力。說來極為單純，但也正因為單純，才不容易發現這個事實。

「靠強化外裝抵擋敵人攻擊時，裝備者的體力計量表都不會減少。」

換個角度來看，這等於是體力計量表增加到兩、三倍之多。在原則上並不存在回復手段的加速世界裡，體力值（Hit Point）雖不起眼，卻是最為重要的參數。

當然這並不表示只要擁有堅固的追加裝甲，就能夠達到最強的境界。裝甲類型的強化外裝都很沉重，會妨礙動作，要是無法善加利用就只會變成活靶。所以必須具備穿上裝甲仍然足以輕巧活動的出力，再不然就是要有停下腳步也能轟贏對方的火力。

前者的極致，就是春雪也曾親身體驗過那壓倒性戰鬥力的「災禍之鎧」Chrome Disaster。

而後者的極致，就是「不動要塞（Immortal Fortress）」Scarlet Rain。

「給我……上啊啊啊啊——！」

終於在現實時間二〇四七年六月三十日中午十二點二十分十秒所展開的Aqua Current救出作戰，於紅之王充滿氣勢的吼聲中揭開序幕。

仁子再度召喚出強化外裝——裝甲貨櫃車「無畏號」，十二個輪胎猛烈空轉，在世紀末空間的道路上磨得焦熱。隨後輪胎上的紋路牢牢咬住路面，巨大的車身壓碎柏油路面往前開去。

作戰開始地點，設定在從禁城東門前鐵橋入口外三百公尺處。由於他們已經事先撤開汽油桶與水泥塊等障礙物，一路上並沒有任何物件會妨礙車身行進，只見這輛深紅色的大型車輛筆直在現成的跑道上愈開愈快。

仁子當然坐在駕駛艙裡，但春雪等七人這次並不站在車頂，而是站在配掛於車身兩側的雷射砲砲身上，牢牢抓住車身側面。左側是黑雪公主、春雪與拓武，右側則有Pard小姐、千百合、楓子與謠。

至於說到為什麼眾人都不站在車頂——

「飛彈發射準備——！」

仁子再喊出這一聲，同時車身上方就有四處裝甲板猛然掀開，從中射出無數飛彈。貨櫃車進入攻擊態勢，同時繼續猛烈加速，轉眼間就逼近了黑色的鐵橋。

這座架在無底深淵上，寬三十公尺，長五百公尺的橋，就是四神青龍所把守的領域。與這超級公敵巨大的身軀相較之下，這座橋作為戰場實在太狹窄。別說是包圍，就連想溜到背後也很困難。正因如此，先前進行Ardor Maiden救出作戰時，他們才會用楓子的疾風推進器當成輔助動力，讓春雪以超高速飛行，從剛出現的四神朱雀頭上飛過。計畫進行到這一步都很順利，但由於春雪飛得太快，無法轉回後方，最後跟謠一起衝進了禁城內部。

他們學到了教訓，這次改從地面上進攻，但「無畏號」也同樣不便進行迴轉。不但難以迴轉，這輛裝甲貨櫃車甚至連煞車都沒裝。然而仁子毫不退縮地持續猛踩油門，眼看就要衝上鐵橋之際，她發出了第三次大喊：

「給我抓牢啦！推進器，開啟——！」

轟然一聲爆響，一陣格外強烈的加速感湧向春雪。是仁子點燃了裝設在貨櫃車後方的火箭馬達。

緊接著，最前方的輪胎越過了柏油路面與鋼鐵橋板的界線。

春雪覺得空氣的顏色變了。去路上明明什麼都還看不見，卻有種密度實在太高的存在感

——多半就是一種和仁子所說的「資料壓」一樣的東西，激得他全身裝甲嗤嗤作響。

「……來了！」

站在春雪身前的黑雪公主尖銳地一喊。

就在橋的另一頭，設置在禁城東門前方的方形祭壇上空，有著一團藍光閃動。這團光芒就像水面漣漪般晃動，同時轉眼間迅速擴大。沒過多久，多重漣漪從正中央擴散開來，露出兩個冷冽的光點。緊接著——

一個巨大的身形拍出劇烈的水聲，從幻影的水面中一躍而出。

頭部有著無數的利牙與四根角，接下去是覆蓋在菱形鱗片下的頸子，雄健的前腳在空中抓動。長長的身軀再度扭動，讓有著鉤爪的後腳出現，鞭子般尖銳的尾巴劃出一道大大的弧線。從頭、背部到尾巴，都豎起了金屬光澤的剛毛，並以等間隔伸出四對八片的小翅膀。

分不出是西方龍還是東方龍，但這頭龍的身影就是莊嚴又堂皇。或許是因為全身籠罩在燐光中，即使處於世紀末空間的黑暗之中，巨大的身軀仍然閃耀著亮麗的深藍琉璃色。那彷彿用永凍冰研磨而成的兩隻眼睛也是一樣。

終於現身的四神青龍，將嘴大大張開，發出雷鳴般的咆哮。空氣激盪撼動，春雪咬緊牙關忍受壓力。

貨櫃車上的八個人之中，黑暗星雲的六人都曾經面對過同屬超級公敵的朱雀，但日珥的兩人則應該是首次遭遇。無論是駕駛艙內的仁子，還是站在車身另一側的Blood Leopard，春雪當然都看不見她們的情形，但看到那麼駭人的模樣，也可能嚇得暫時全身僵硬………

「臭蛇，看我的！飛彈全彈發射——！」

一陣足以將春雪的擔憂一腳踢開的嚷嚷聲中，貨櫃車上方充滿了強光與巨響。昏暗中亮起無數道噴射火焰，小型飛彈接連飛出，上升了一會兒後改變角度，朝公敵巨大的身軀飛去。

橘色的火球接連開出，吞沒了游動的青龍。無數重的爆炸聲撼動了鐵橋與疾駛在橋上的貨櫃車。

黑雪公主不等四百公尺前方的爆炸散去，大聲呼喊：

「所有人，上車頂！」

七人腳踹主砲跳起，跳上貨櫃車車頂。由於飛彈發射口仍然開著，腳下多少有些凹凸不平，但還不至於無法站立。

「遠程攻擊，開始！」

她一聲令下，春雪與拓武大聲回答：「遵命！」並肩擺出同樣的姿勢。他們在飛彈發射艙口蓋後伸出右手，以左手支撐住。

最先發射出去的，是Cyan Pile的必殺技。

「『雷霆快槍』！」

化為超高溫電漿的鐵樁以驚人的速度發射出去，飛進了爆炸火焰下若隱若現的輪廓。雖然這招在新宿高架鐵路的橋身上只打出一個小小的洞，但若是射在超級公敵的裝甲上，應該能夠發揮最重要的貫穿力。

接著春雪將右手上的白銀過剩光往後收緊，將形成的光槍拉撐到極限的瞬間，一邊喊出招式名稱，一邊用左手一口氣斬斷槍的後段。

「『雷射標槍（Laser Javelin）』！」

對於沒有遠程必殺技的春雪來說，這招心念攻擊就是他唯一的遠程攻擊手段。這是中距離攻擊招式「雷射長槍（Laser Lance）」的應用版，但由於運作方式略嫌牽強，命中精度比較差。發出高亢呼嘯聲飛去的標槍，軌跡並不是直線，而是劃出平緩的螺旋，但所幸公敵身軀太大，標槍似乎勉強命中了尾巴。

這時飛彈的連續爆炸結束，黑煙下的青龍有了要再度行動的跡象，但謠不讓牠稱心如意，將長弓「火焰呼喚者」舉向空中。

「火焰暴雨！」

謠堅毅地喊出招式名稱，同時火焰箭射了出去，在彈道頂點分裂至多達數十根，化為一陣火焰豪雨灑在公敵身上。轉眼間湧起的無數小爆炸，規模雖然不如飛彈，燃燒的持續時間卻長得多。藍色的巨龍在火焰中忿忿地扭動身體。

緊接著，一陣苛烈的呼喝壓過了貨櫃車的行駛聲。

「喔喔喔喔喔……！」

黑雪公主站在比春雪前面一排，讓高高舉起的右手籠罩在深紅色的過剩光之中。接著將從縞瑪瑙色化為紅寶石色的長劍舉到肩上擺出架式。

「——『奪命擊（Vorpal Strike）』！」

一道血紅色的光芒，從她神速刺出的右手迸射而出，一口氣飛過兩百公尺以上的距離，完美地刺在還被團團火焰纏住的青龍胸口。巨大的身軀劇烈擺動，金屬質感的吼叫聲迴盪在空間中。

最後由仁子再喊一聲：

「再吃我一招——！『飽和熱線砲』——！」

車身兩側的主砲鏗鏘幾聲，拉高了角度。

大口徑的砲口洩出紅寶石色的微光，光線的亮度迅速增加，化為十字光條發出閃光——

一道粗得離譜的雷射伴隨著一陣大得幾乎震破耳膜的共鳴聲發射出去。

這次砲擊的規模，比起一週前春雪為了學會「理論鏡面」特殊能力所進行的特訓中多次讓Silver Crow蒸發的通常射擊，大了約兩倍以上。而且從左右主砲同時發射的兩道雷射，還在數十公尺前方融合為一道，創造出一根可以稱為光柱的巨大能量長槍。以前春雪就曾經看過仁子用這招一砲轟掉新宿的都廳大樓。

第二代紅之王被視為當今加速世界中最強的遠程攻擊型角色，她所發出的必殺技命中了先前黑之王的心念攻擊所刺穿的青龍胸部，先膨脹成一團火紅的光球，接著才引起一陣天搖地動的大爆炸。高高竄起的火柱直衝天際，將厚重的烏雲底部染成紅色。

從最先發動的飛彈算起，一共發出了多達六波的必殺技與心念攻擊猛攻。即使是加速世界最強的公敵，應該也受到了相當大的損傷，說不會還有可能被打得暫時無法行動……春雪懷著這樣的念頭，凝神觀看爆炸火焰下的情景。

巨大的輪廓上方，顯示著和朱雀同樣多達五條的體力計量表，其中的第一段的確被削減了將近三成，然而——

「嗚啊…………」

春雪發出驚愕的低呼。好不容易削減掉的計量表，又從左往右迅速回復。

這個現象他們事前就推演過。這些把守禁城四方門的超級公敵可說是四身一體，即使其中一隻受傷，並未交戰的其他三隻也會幫忙回復。也就是說，若想打倒四神，唯一的方法就是同時攻擊四隻公敵，一口氣將牠們打倒。就算不提起初代黑暗星雲的悲劇，也知道這是多麼艱鉅的任務。

因此在這次的作戰中，他們從一開始就不打算打倒青龍，攻擊終究只是用來吸引青龍注意的手段——腦子裡固然懂得這一點，但看到包括兩個王在內的團隊全力攻擊所造成的損傷，在轉眼間就化為烏有，還是令他不由得大受震撼。身旁的拓武也以壓低的嗓音說：

「剛剛那一整波攻擊，連一條計量表都打不掉……」

「沒時間讓你們灰心了，Crow、Pile。」

在背後說這句話的是楓子。她平時柔和的聲調，現在也繃得比較銳利。

「反擊要來了。大家躲到裝甲板後！」

她的指示聲與雷鳴般的咆哮聲重疊。

藍色的巨大身軀從近在前方兩百公尺處的祭壇上空，尚未消散的黑煙裡猛然竄出。藍寶石色的雙眼有著沸騰的怒氣，長長的嘴張得極開。

一陣劇烈的衝擊聲中，從無數利牙之間射出的，是一道蒼白的光線——不，是一道水流。這是Aqua Current事先告知過的青龍特殊攻擊之一——「噴水」。這種超高壓噴射水流匯集而成的威力，只需短短極秒就能貫穿防禦力突出的綠色系虛擬角色的裝甲。

春雪立刻壓低身體，躲在眼前的鋼板後，也就是開著沒關的飛彈發射艙孔蓋後方。黑雪公主與拓武、千百合等人也都同樣躲到掩蔽物後，只有背後的楓子堅毅地繼續站著不動。她筆直往前舉起右手掌，以伴隨深沉回音的嗓音喊出：

「『庇護風陣（Wind Veil）』！」

一陣綠色的風以她柔軟的手掌為中心而捲起，籠罩住了整輛貨櫃車。

緊接著，青龍的噴吐攻擊也正好擴散到了可以吞沒整輛貨櫃車的寬度，往他們直撲而來。

春雪維持跪姿，望向正上方。

以旋轉的風形成的綠色圓頂，將無數噴射水流吹散成一片白霧。然而風勢也跟著急速衰減，背後的楓子嗚的一聲悶哼，舉起的手掌也承受不住壓力似的開始顫抖，整個人都被往回推，最後終於單膝跪地。就在這一瞬間……

春雪的視野染成了全白。高壓水流穿破了楓子的心念屏障，灑落在貨櫃車上。

高頻震動聲以驚人的音量響起。身車頻頻震動。是多達數百道的噴射水流在「無畏號」厚重的裝甲上挖得四處都是坑洞。如果受到攻擊的是虛擬角色本體，想必體力計量表會以驚人的速度受損。然而……

「嘿……還免費幫我用高壓水柱洗車，這臭蛇還挺大方的嘛！」

儘管車速終究降了一些，但仁子仍然一邊讓貨櫃車抗拒噴吐攻擊繼續前進，一邊大聲嚷嚷。她的嗓音中顯得並未受損傷。因為「靠強化外裝抵擋敵人攻擊時，裝備者的體力計量表都不會減少。」

提議將武裝貨櫃車當成攻堅車輛，趁裝甲承受青龍攻擊時儘可能接近祭壇的人，就是強化外裝的持有人仁子自己。這種戰術等於是把貨櫃車當成用過就丟的消耗品，讓黑暗星雲的團員覺得猶豫，但紅之王卻完全不當一回事地撂下話來，說你們這些人根本就還沒搞懂強化外裝的本質。

——仁子，謝謝妳。我不會讓妳的心意白費。絕對不會！

春雪在內心這麼吶喊，同時持續用雙手頂住飛彈發射艙蓋。厚重的鋼板頻頻抖動，顯示青龍的噴吐攻擊正不斷地把洞愈挖愈深。

但或許是多虧楓子的心念將攻擊的威力分散了幾成，這現成的屏障仍然持續抵禦噴吐，並未被打穿。貨櫃車再度增加速度，超級公敵也繼續昇向上空。敵我之間的距離終於突破了一百公尺大關。

根據事先得知的情報，青龍在四神之中會動用的特殊攻擊最為多樣化，但進行物理攻擊的頻率卻很低。當然頻率並不是零，牠那尖銳的牙齒與爪子，以及尾巴的攻擊都非常有威脅性。然而貨櫃車的裝甲儘管被噴得坑坑洞洞，卻尚未被擊破，相信還能繼續保護團隊一陣子。

比起這些攻擊，在中距離以下的間距中最可怕的是……

春雪想到這裡的時候，前方的黑雪公主短聲呼喊：

「時間到了！還有五秒……二、一、零！」

就在她倒數結束完畢的短短三秒鐘後。

去路上已經可以看得清楚的方形祭壇正中央，出現了一團緩緩搖動的淡藍色光芒。是虛擬角色出現的特效。光芒擴散後隨即凝聚，形成一個苗條的輪廓。

透明的水膜籠罩住全身，四條水流劃出翅膀般的弧線。是黑暗星雲「四大元素」之一——「水」的Aqua Current。她以駭人的精度抓準了時機，在事隔兩年又十個月之後，再度來到了無限制中立空間。

這個虛擬角色在祭壇四方的營火照耀下反射出美麗的光芒，讓春雪必須拚命將視線從她身上移開。現在該看的是四神青龍。先前進行Ardor Maiden救出作戰時，四神朱雀就在這個時機掉頭，準備攻擊祭壇上的謠。

但這深藍琉璃色的巨龍卻不放慢速度，繼續逼向貨櫃車。看來是劈頭就被大招六連發打得體力計量表整整被削掉一大段，以及必殺的噴吐攻擊被擋住讓牠相當憤怒……不，應該說是讓牠的仇恨值（Hate）有所上升。但這正中眾人下懷。作戰成功與否，就取決於以黑雪公主為主軸的攻擊團隊，能否持續吸引青龍的攻擊直到Aqua Current脫身。

巨龍直逼到幾乎遮住他們上空的距離，四隻角發出泛青色的光芒。

緊接著，上空的烏雲竄出好幾道火花。火花匯集在幾處，發出格外強烈的閃光——

「『飛針四射』！」

拓武上半身猛然後仰，大聲喊出招式名稱。胸部裝甲上開出的多個洞口，接連發射出針型飛彈。

幾乎就在同時，轟隆巨響之中，幾道泛紫色的閃電從空中打下。這是青龍的第二種特殊攻擊「暴雷」。垂直豎起的飛彈發射口艙蓋，抵擋不住從正上方打下來的雷擊。

但這些雷電全都被拓武發射的針型飛彈吸引過去，在空中引發了無數爆炸。但話說回來，這樣並無法完全抵銷雷電的能量，紫光繼續貫穿爆炸而延伸過來，但由於軌道已經偏開，幾乎都打在鐵橋上。儘管有一發雷電正中貨櫃車，沿著裝甲表面打得一個輪胎爆胎，但全隊人員至今都毫髮無傷。

看來青龍進行過一次特殊攻擊，就需要集氣一小段時間，才能進行下一次攻擊。只要趁這個機會從正下方鑽過去，就能去到Current等著的祭壇上──

公敵彷彿要毀掉春雪這份確信似的發出了怒吼。

牠巨大的身軀用力彎起，蓄足力道，扭成S字形的尾巴隨即以快得令人看不清楚的速度往下揮。尾巴前端擦過鐵橋表面而磨出火花，順勢猛力打在貨櫃車的正面。

如果不是仁子在千鈞一髮之際猛打方向盤，也許駕駛艙已經被砸爛了。儘管驚險避免了這種慘狀，但車頭右側被這鐵柱般的尾巴猛力打中，使得貨櫃車右側輪胎浮起，車身開始打轉。

「該死……」

仁子咒罵之餘仍然拚命想穩住車身，但車身的傾斜越來越嚴重，車頂上的春雪等人都再也無法站立，趕緊抓住裝甲板。要是貨櫃車就這麼翻車，想必會有幾個人被翻倒的車身壓住，受到相當大的損傷。

仁子似乎也想到了這個可能，只聽到喇叭傳來她懊惱的嗓音：

「不行，我要先收起來了！所有人準備跳車！——強化外裝，解除！」

就在這個語音指令發出的同時，眼看即將翻車的貨櫃車應聲解體。這並不是遭到破壞，而是在仁子的指令之下收回物品欄（Storage）。可以自由取出與收回，也是強化外裝的一大優勢，然而一旦解除裝備，就得等到外裝所設定的冷卻時間（Cool Time）結束後，才能再次召喚出來。

分解開來的雷射砲與飛彈發射器等各個零組件都立刻轉為稀薄，溶解在空氣中似的憑空消失。失去立足點的七個人，以及被從駕駛艙彈出的仁子，都被拋向鋼鐵的橋板。

「呀啊啊啊！」

「嗚哇……」

發出驚呼的是千百合與拓武。春雪不及細想，趕緊張開翅膀，右手接住Lime Bell，左手接住Cyan Pile，接著立刻在空中穩穩減速，將他們放到橋上。其餘五人則輕描淡寫地完成毫髮無傷的著地動作。就連完全屬於遠程攻擊型的謠都展現出俐落的身手，多半是因為以前被楓子不知道從空中丟下去多少次而練出來的吧。

黑雪公主負責指揮整場作戰，當她確定所有人都平安，就壓低聲音呼喊：

「去吧，Raker，這裡我們會頂住！」

「……知道了，後面就交給你們了。」

楓子點點頭，強壓下剎那間的遲疑，跳上了不知道什麼時候早已召喚好的輪椅。剛看到銀輪發出一層淡淡的光芒，這件單薄的強化外裝就有如火箭一般，朝著一百公尺外的祭壇衝了出去。這種以心念加速過的速度，遠遠凌駕在正常的行進之上。留在鐵橋表面上的兩條車輪痕跡烤得火紅，還冒出淡淡的煙。

在上次的作戰裡，Sky Raker擔任幫春雪加速的彈射器，但這次則由她負責去救出Aqua Current。春雪心中暗叫：「師父，拜託妳了！」短暫地目送輪椅遠去。輪椅的去路上，可以看到Aqua Current已經下了祭壇，開始奔跑。離她們接觸只剩幾秒……

就在這時。

春雪覺得自己聽到一個沉重的聲音直接迴盪在腦幹中。

——渺小的人們啊。

——何故來擾本宮清夢？

春雪反射性地仰望上空，視線立刻被游動得幾乎遮住整片天空的超級公敵那發出藍寶石光芒的雙眼吸引過去。

他一瞬間緊張起來，以為「那種攻擊」要來了，但他猜錯了。

巨龍那散發出深邃智慧與意志的雙眸，迸發出一圈冰冷的光波。

春雪全身忽然僵硬，不，是結冰了。Silver Crow的金屬裝甲灑上了一層冰霜，別說是翅膀，連一根手指頭都動彈不得。他趕緊轉動視線，結果發現其餘六人也同樣被凍結在原地。

不必回想起作戰會議的內容，也知道這是完全未知的攻擊。儘管他們早已認知到事前情報並未網羅青龍的所有能力，但終究並未料到青龍竟然能使出威力這麼強大的行動阻礙攻擊。不但身體無法動彈，連聲音也發不出來，這麼一來不可能用必殺技來打破僵局。而只靠普通動作，不管怎麼用力，都不覺得有辦法擠碎這道冰霜牢籠。

上空的青龍朝著化為冰雕的七人冷冷地一瞥，彷彿就此對他們失去了興趣，轉頭朝另一個方向。朝向位於鐵橋西邊的祭壇。

把勉強可以挪動的視線挪到極限，就在視野的角落，看見楓子與晶雙手即將碰在一起的身影。按照作戰計畫，Sky Raker接到Aqua Current之後，用疾風推進器往上空逃脫。一路上升到將近她飛行高度極限所在的三百公尺高度，從青龍頭上飛越到鐵橋外側降落。

但這個作戰要能執行，攻擊隊就必須持續吸引青龍的注意。由於疾風推進器重新充電非常花時間，要是剛起飛就被擊落，那就不只是晶，連楓子也將在鐵橋深處陷入無限ＥＫ狀態。

青龍彷彿循著春雪焦慮的思考在行動，大大張開了嘴。是噴水攻擊。一旦被那有如鑽石尖針般的超高壓噴射水流直擊，別說是裝甲薄弱的Raker，連Currnet多半也免不了當場斃命。

……想得美！

又有一個聲音在腦海中迴盪。但這次不是發自公敵，而是四埜宮謠——「劫火巫女」Ardor Maiden那凜冽的意志力迸發出來的結果。

一圈火紅的火焰波動，從巫女嬌小的身上擴散出來籠罩住了眾人。強烈的熱氣瞬間融化掉束縛虛擬角色的冰霜。這是心念攻擊——不對，不是攻擊，是迸發堅定的想像，將過剩光本身化為火焰。

看樣子她終究無法連熱量都做出精細的調整，火焰溶解冰霜的同時，也微微削減了春雪的體力計量表。但春雪把高熱與疼痛都拋諸腦後，全力舉起從凍結狀態解放出來的右手。

「——『雷射長槍（Laser Lance）』！」

仁子的聲音也完全在同時響起。

「——『輻射拳（Radiant Beat）』！」

春雪與仁子分別以右手發出光槍與火拳，垂直發射出去，命中眼看就要射出噴水攻擊的青龍下顎。儘管這一波攻擊並沒有造成多少損傷的跡象，仍然成功地以衝擊讓青龍合上了嘴，在千鈞一髮之際阻止了噴吐攻擊。只見純白的水煙從猛力咬合的牙齒縫隙間噴出。

緊接著，就看見祭壇前不遠處發出一道強力的淡藍色光芒。是推進器的噴射火焰。Sky Raker以雙手抱住Aqua Current，在夜空中劃出鮮明的軌跡往上攀升。她以不負「ＩＣＢＭ」美名的強烈加速度，轉眼間就衝進世紀末場地的烏雲，一瞬間將雲染成藍色，就此消失。

「……成功了！」

春雪小聲歡呼，用力握緊了右拳。

儘管有過幾次驚險的場面，救出行動仍比Ardor Maiden那次要順利得多。但考慮到團隊陣容，也可以說作戰前半段會成功是理所當然的。接下來的部分才是問題，也就是能否靠地面上的七個人阻止青龍追擊楓子她們，一路順利撤退到鐵橋外。畢竟如果在撤退途中又另有人受困，那就得不償失了。

「好，所有人後退！」

黑雪公主一聲令下，七人一邊將上空的公敵保持在視野之中，一邊開始朝東奔跑。四神青龍儘管先前的特殊攻擊再三被擋住，卻仍然只維持一定程度的仇恨值，靜靜地扭動長長的身軀

——看上去是這樣。

……牠肯放我們走？

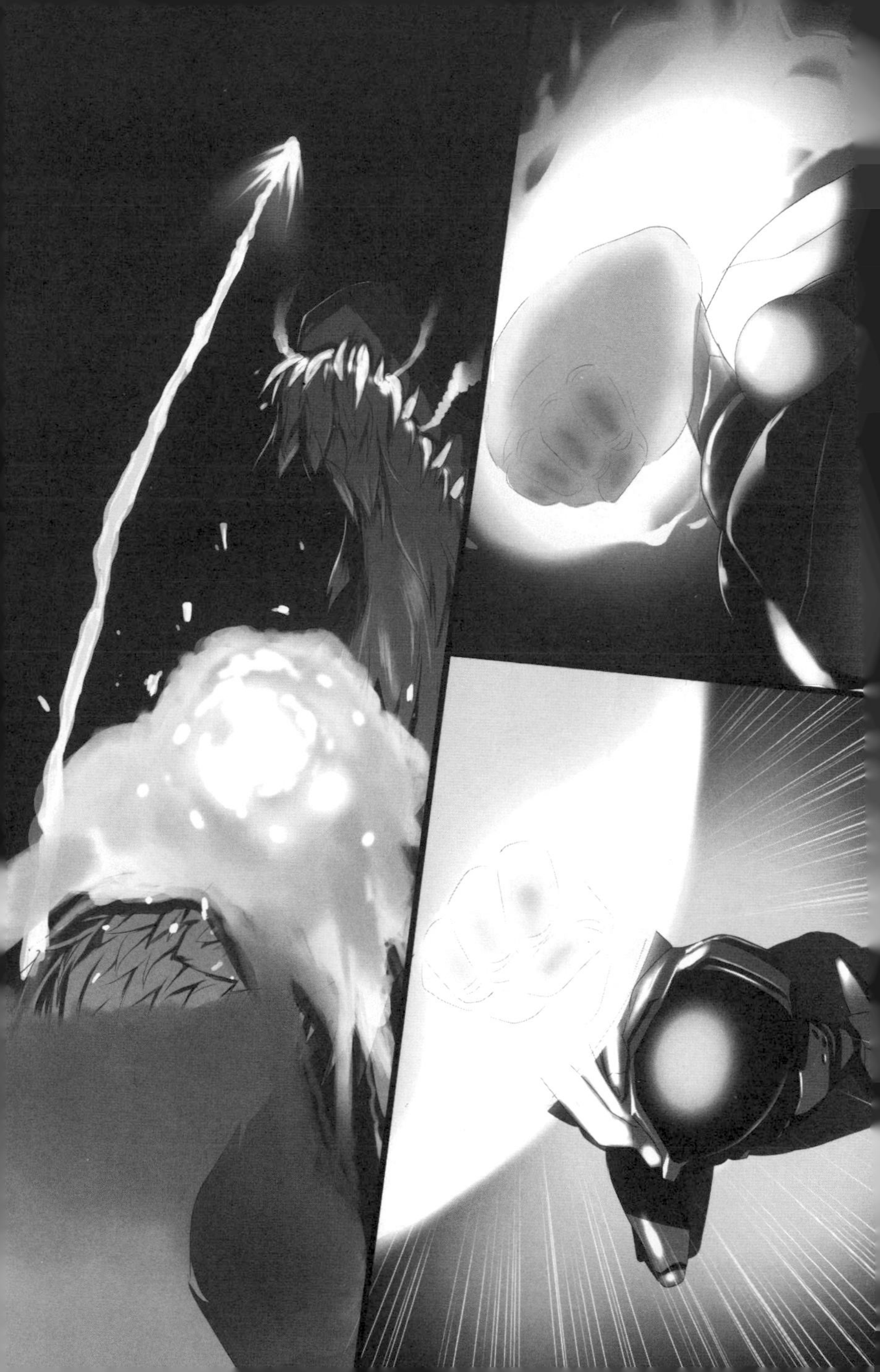

……說不定四神的個性也有差別……例如「火」的朱雀看起來比較暴躁，但「水」的青龍也許就比較穩重……？

春雪一邊奔跑，一邊忽然有了這樣的念頭。

再度聽到疑似公敵說話的聲音，就是在這個時候。那是個隱約有幾分女性特質，像無風的水面一樣平靜，又像兩極寒冰一樣冰冷的聲音。

——本宮已經戲耍膩了。

——渺小的人們，你們就在本宮的庭院裡落入長眠吧。

又長又粗的尾巴和先前掃得裝甲貨櫃車翻車時一樣用力彎起，但春雪等人已經與公敵拉開二十公尺以上的距離，怎麼想都不覺得物理攻擊有辦法打到這麼遠。

尾巴以快得幾乎只看得見殘像的速度揮下，打中的不是七人中的任何一人，而是鋼鐵的橋身。橋身發出劇烈的衝擊聲響，堅硬的橋板劇烈地成波浪狀擺動。呈同心圓狀擴散開來的震波轉眼間就吞沒了還在奔跑的七人，連理應是以浮游方式移動的黑雪公主都被震得踉蹌。

儘管沒有人倒地，但所有人都陷入了半秒鐘左右無法行動的狀態，而青龍並未錯失這個機會——

青龍的角發出耀眼的光芒，在上空的烏雲中引起了凶煞的火花。

「嗚……」

拓武拚命站穩雙腳，後仰上半身。但蓄積的電能比拿來代替避雷針的飛彈早了一瞬間，化為好幾道雷光解放出來。

——這樣不行！

春雪以本能的反應，猛力振動背上的翅膀。他無論如何都得避免所有人一起被雷電劈中的情形。青龍的特殊攻擊「暴雷」不但威力強大，還兼有妨礙效果（Debuff），一旦被劈個正著，就會全身麻痺而有一定時間動彈不得。按照作戰計畫，是要用Cyan Pile的「飛針四射」來偏開雷電的軌道，若有人運氣不好而被雷電正中，就由其他人幫忙掩護直到恢復為止。然而如果所有人都被劈得麻痺，當然就沒辦法應對。在最壞的情形下，甚至有可能下一波攻擊就讓他們全軍覆沒。

——與其演變成那樣，還不如我一個人！

能從身體被震波掀倒的狀態下起跳的，就只有擁有翅膀的Silver Crow。他卯足推力起飛，用力張開雙手。五道從上空轟來的雷電，都被吸向Crow的金屬裝甲。

「咕啊……！」

四肢與軀幹遭到雷光劈個正著的瞬間，一種超越灼熱與疼痛的純粹震撼感貫穿了春雪的意識。世界染成一片全白，再也看不見整個空間或公敵，整個視野中只存在著自己的體力計量表。這條本來將近全滿的計量表，以驚人的速度不斷減少。Crow的裝甲材質是導電率最高的「銀」，對電擊的抗性本來就弱，但即使考慮到這一點，雷電的威力仍然強得令人難以置信。

不，這根本已經是瞬殺級的傷害…………

「『香櫞鐘聲──』！」

遠方微微聽見兒時玩伴堅毅的喊聲。燒成全白的視野中，飄來了許多閃閃發光的綠色粒子。體力計量表的減少速度開始減緩，勉強維持在最後一點點，接著一口氣往右回復，回到遭到雷擊之前的狀態。是Lime Bell的必殺技「香櫞鐘聲．模式I」，將Silver Crow的狀態回溯了幾秒鐘，治好他所受的傷害，不，應該說是「化為烏有」。

儘管避免當場斃命的情形，但電擊造成的震撼並未消失，春雪全身冒著白煙往下墜落。這時以強而有力的雙臂接住他的，就是Cyan Pile了。所幸春雪沒能集中到自己身上的雷電全都落空，Black Lotus立刻大喊：

「Pile，你就抱著他繼續跑！大家掩護Pile！」

拓武遵照指示，抱著春雪開始奔跑。只見眼前的面罩底下，藍色的鏡頭眼懊惱地閃動。

「對不起，小春，雷電本來是我負責應付的。」

「安……啦……這點小傷……」

就在春雪以仍然麻木的嘴好不容易答出這幾個字時……

上空的青龍以沉重的動作動了。牠追向奔跑的七個人，再度揮起了尾巴。牠是想再度使出剛才那種先使出衝擊波再接特殊攻擊的連段。

「誰會……再上一樣的當啊！」

這個苛烈的喊聲來自黑雪公主。春雪不知道她想做什麼，趕緊抬頭一看，結果看到黑雪公主右腳腳尖插上橋身減速，緊接著就反而朝青龍衝去。

「不……不行啊，學姊！」

春雪以好不容易恢復知覺的嘴大聲嚷著，同時從拓武懷裡跳了下來。他腳步踉蹌之餘，仍然拚命張開翅膀就要衝去，卻被一個小小的手掌攔住。

「你要相信你『上輩』。」

輕聲說出這句話的是仁子。春雪只好停止飛行，目光追向衝刺而去的黑之王。青龍高速下揮的尾巴，就在她的去路上留下藍色的殘影而消失。

即使躲開這快得無法用肉眼看清楚的神速打擊，衝擊波仍然會絆得人腳步踉蹌。但即使想以防禦方式應付，相信就連綠之王也很難無傷擋下這一擊就足以讓貨櫃車翻車的威力。

但黑雪公主卻毅然讓雙手劍朝著以快得看不清楚的速度逼來的尾巴攤開。

春雪預想到這個纖細的黑水晶虛擬角色就像玩偶一樣被打得飛起的模樣，咬緊了牙關。

黑雪公主以左右手的劍刃，就像溫柔擁抱似的，抱住了這蘊含了堪稱終極物理攻擊威力的尾巴。

——死亡擁抱！

十字閃光一閃，整個世界少了聲響。春雪在一陣像是看著慢動作影片的寂靜中，看到了那個景象。看到本應擊碎黑之王的巨大鞭子，就這麼穿透了虛擬角色。

不對，不是這樣。是Black Lotus的「終結劍（Terminate Sword）」，將青龍那覆蓋著琉璃色鱗片的尾巴，在從尾端算來約一公尺的位置一刀兩斷。靠的就是這招連同屬九級玩家的初代紅之王Red Rider都一招斃命，將「絕對切斷（World End）」外號體現無遺的瞬殺招式。

滾落在地板上的一截尾巴噴出藍色的水柱，就此四散消失。

就在此時，青龍終於發出充滿憤怒的咆哮。牠在上空劇烈扭動全身，用四肢的鉤爪撕裂天空。烏雲彷彿也在呼應天神震怒，轟隆雷聲不停響起。

黑雪公主成功地癱瘓了用尾巴造成衝擊波的攻擊後，迅速轉過身來，一邊朝著春雪等人衝刺過去，一邊大喊：

「尾巴這種東西想也知道馬上就會再生了！趕快趁這之前跑到橋的出口！」

當她的聲音傳到，春雪等人已經轉過身去開始奔跑。離鋼鐵橋樑與柏油路面的界線還有三百公尺。換作是正規對戰，這樣的距離往往不知不覺中就走到了，但處在這個狀況下，卻覺得足足遠了十倍有餘。

如果Silver Crow雙手抱著兩人飛行，Blood Leopard背上載著一個人奔跑，的確可以加快撤退速度，但這算是最後的手段。因為他們必須保留Crow的必殺技計量表直到最後關頭，以便因應青龍那不是最強卻是最可怕的攻擊。

暫時往回退的黑雪公主也立刻趕上全隊，七個人一起奔跑。重量型的Cyan Pile也運用將右手尖樁打向地面，靠反作用力加速的技巧，並未落後眾人。

不用回頭，光從空氣的震動，就知道憤怒的巨龍正從後猛追而來。想來還會有一波特殊攻擊，只要能夠頂過這一波，就能夠逃到橋外。

由於尾巴造成震波攻擊的這招已經被癱瘓，而下次的「暴雷」拓武應該也能確實擋好，名稱不詳的冰凍攻擊也可以靠謠的心念火焰融化，「噴水」也只要仁子再度召喚出強化外裝，就足以抵擋一次。問題就剩下……

——本宮所受的傷，就拿你們的痛哭來撫慰吧。

——獻上你們累積的時光精華。

帶有深沉回音的嗓音迴盪在腦幹中。春雪一口氣喘不過來，隔著肩膀回頭一看，看到了一個景象。

青龍舉起的右手四根鉤爪中央，有個黑色球體慢慢成形。這個微微通透的球體形體不定，不停搖曳，就像靠一個體積極小的重力來源，將比重很高的液體維持在球形。平滑的表面上，還有紫色的電光嗤嗤作響地竄來竄去。

「──要來了！是『等級吸收』！」

黑雪公主緊繃的嗓音響起。

這招終於發動了。這是四神青龍所具備的多種特殊攻擊之中，被評為威力最兇惡的大招。以前7級的高等級玩家Aqua Current，就曾經只在一次戰鬥中被這招打回1級。

春雪深呼吸一口氣，壓下心中的退縮，奮勇大喊：

「這裡請交給我！學姊你們繼續跑！」

他張開背上的銀翼，猛力踢著橋板起飛。上升一小段高度後翻轉過來和青龍對峙，接著身後傳來喊聲。

「小春，不要逞強！」

「可別飛錯方向啦！」

春雪豎起右手大拇指回應千百合與仁子，接著集中精神。緊接著，漆黑的球體發出噗通一聲，從公敵的手掌發射出來。

球體起初慢慢飛行，但一鎖定春雪，就開始劇烈加速飛來。春雪屏住呼吸，讓球體盡量接近自己，等這直徑約有一點五公尺的黑球直逼到眼前時，再一口氣上升。黑球以沉重的動態劃出一道弧線，往春雪追去。

在初代黑暗星雲所展開的禁城攻略戰中，率領青龍攻擊部隊的Aqua Current，就為了掩護同伴逃走而獨自留在橋的深處，多次承受這黑色球體攻擊。

根據Current提供的情報，黑球命中後並不會消失，而是會吞沒虛擬角色。在這個狀態下，首先會發生的現象，就是累積的超頻點數開始減少。等超頻點數扣到零，就百分之百會陷入暫時無法行動的狀態，同時等級下降一級，這時黑球才終於會消失。光是這樣就已經夠駭人了，但更可怕的是等級下降時，剩餘點數也會完全消滅，所以下次再挨到黑球，等級就會立刻再降一級。

相反的，只要在最初的點數減少階段迅速破壞黑球，等級就不會下降，但聽說這也非常困難。黑球是以高黏度的液體構成，格鬥類物理攻擊幾乎完全無效，而遠程攻擊中的實體彈與雷射也都會貫穿，對火焰的抗性又相當高，所以即有可能在蒸發完液體之前，就先燒死裡面的虛擬角色。唯一想得到可能比較有效的方法，就是讓液體結冰再敲碎，這是Current說的。

很遺憾的，這次的陣容之中，並沒有人會使用結冰攻擊。乾脆一挨到黑球就立刻死掉，也許還沒那麼慘，但在四神的領域裡死去，復活後若無法順利脫身，就有陷入無限EK的危險。到頭來最好的對應方式還是——

「……甩掉它……！」

春雪壓低聲音這麼一喊，再度轉向將橋的出口捕捉到視野之中。黑色的球體也拖著電光軌跡追蹤過去。

球體直線移動時似乎會無限加速，所以必須接連轉換方向來降低它的速度。在只有三十公尺寬的橋上，要不斷變換方向可說相當困難，但如果不止能夠左右移動，還可以上下騰挪……也就是由擁有飛行能力的Silver Crow來應付，相信一定有辦法拖著球體繞上許久。

之所以將救出Aqua Current的工作將給Sky Raker負責，叫春雪留在攻擊團隊之中，就是為了保留他的必殺技計量表，來對應「等級吸收」。

「唔……喔喔……」

春雪拚命地躲開這整團在詭異震動中逼近的虛無液體。他筆直飛行幾秒，一感覺到黑球有加速的跡象就立刻轉向。與Ash Roller的慣例對戰，讓他把鋸齒狀變向飛行鍛鍊得相當純熟，但若轉彎方向有所偏差，就會朝青龍靠近，而且也絕對必須避免往左右飛出橋正上方空間的情形。春雪全力發揮他的空間認知能力，做出令人目不暇給的轉向，同時漸漸朝橋的出口靠近。

下方可以看到同伴們也已經全力朝著界線衝去，上方的情形雖然無法用肉眼看到，但相信Sky Raker應該也在烏雲上方，抱著Aqua Current進入降落路線。距離作戰結束還有二十秒……

——渺小的人們啊。

——儘管掙扎吧。

這時春雪聽到噗通一聲小小的水聲，全身立刻籠罩在一片惡寒之中。轉得眼花撩亂的視野角落，閃過了一幅光景——第二顆黑球從青龍的左手發射出來，開始直線加速。

這個黑球不是飛向春雪。整團有形體的虛無發出貪婪的震動聲，朝著跑在橋上的六個人急速飛去。

「大家快跑啊……」

春雪拚命進行隨機變向飛行之餘，發出幾近哀嚎的呼喊。快速衝刺的黑雪公主一瞬間回過頭來，看見了朝他們直逼而去的黑球，但為時已晚。黑球經過充分的直線加速，得到了槍彈般的速度，眼看六人之中就要有人遭到吞沒……

一個深紅色的影子快如電閃地竄了出來。

是不知道什麼時候已經變成野獸模式的Blood Leopard。豹型虛擬角色從急轉彎動作轉為強而有力的跳躍，主動挺身跳向黑球。其餘五人驚愕地停下了腳步。

黑球捕捉到了Leopard後，表面的電光開始脈動。光量呈週期性增減的模樣，令人連想到某種吸血生物的蠕動。不，實際上也真的是在吸，吸的是Leopard花了漫長的時間累積下來的超頻點數。當累積的點數被扣到零，她就會面臨降級的惡夢。

「Pard……！」

仁子發出尖叫，跑向被黑球吞沒而縮起身體的Leopard，就要把手伸進冒著電光的液體。黑雪公主伸手想制止，但攔不到她。就在她細小的手指即將碰到漆黑球體之際……

Leopard猛烈地大吼。深紅色的豹以四肢的爪子掐進鋼鐵橋板開始奔跑，與仁子等人拉開距離。裹住她身體的球體仍在繼續脈動，所以Leopard累積的點數應該正以駭人的速度減少。照理說她的點數早就應該被扣到零，在昏倒（Stun）的同時降級，但她仍在賣力奔跑，距離橋的界線已經不到一百公尺。

春雪在上空持續變向飛行之餘，也不忘將飛奔的Leopard與追著她跑去的五人捕捉在視野之中。他看著即使身體遭到黑球吞沒，卻仍顯得那麼美麗的猛獸型虛擬角色，忽然有一句話在耳邊甦醒。

——畢竟Pard一直到今天都不升級，就是為了這件事。

這句話是仁子在眾人進入無限制中立空間之前，在梅鄉國中的學生會室說的。Blood

Leopard是相當老資格的超頻連線者，同時也是在對戰聖地「秋葉原對戰場」極富盛名的鬥士，仁子這句話似乎就是在暗示她之所以到現在還只有6級的理由，但是當時的春雪猜不透其中的含意。

「為了這件事」——Leopard之所以留在六級，就是為了這項Aqua Current救出作戰。她不去動用透過對戰或獵公敵取得的超頻點數，一直累積到今天。

漫長的努力與忍耐，為的就是現在這一瞬間。她之所以被黑球逮住，卻不會降級，而能繼續奔跑的理由就在於此。只要拿龐大的累積點數來緩衝，就能在一定時間內承受住青龍最兇惡的終極攻擊。一切都是為了有朝一日，能把Aqua Current從四神的祭壇救出來。

這一瞬間，春雪明白了一件事。

他明白了黑之團（黑暗星雲）幹部集團「四大元素（Elements）」之一的Aqua Current，與紅之團（日珥）的幹部集團「三獸士（Triplex）」之一的Blooed Leopard之間的關係。儘管分屬不同軍團，卻有著幾分相似的她們兩人

——是「上下輩」關係。

「……Pard小姐！加油……！」

春雪一邊做出銳角迴旋，一邊呼喊。

也不知道是不是聽見了他的聲援，Leopard格外用力往橋板一踢，高高躍起。就在她達到軌道頂點的瞬間，空中掀起了淡淡的彩虹色漣漪。Leopard鑽過漣漪的同時，吞沒她身體的漆黑球

體也化為無數飛沫而分解。

深紅色的豹在空中轉了一圈，以強而有力的動作著地。她的四肢爪子掐住的不是泛黑的鐵板，而是龜裂的灰色柏油路面。

春雪也只稍晚一步，跟著就通過了鐵橋與地面的界線。黑球在身後嘩啦一聲飛散開來。一感覺到脫離危機，春雪就全身脫力，半墜落似的降低了高度。

他根本做不出美妙的降落，雙腳一碰到地面，整個人就趴到了地上，但現在還不是倒下的時候。因為黑雪公主等五人脫離之前，也許還會再受到一次青龍的攻擊。他將力道灌注在顫抖的四肢上試圖站起，結果……

「……不用擔心。」

身旁傳來一個平靜的嗓音。抬頭一看，Blood Leopard就在眼前。這個豹型虛擬角色同樣雙手雙腳都撐在地上，卻始終極為優美又雄壯。春雪順著她的視線回頭看去。

結果看到跑在五個人最前面的Ardor Maiden，眼看就要衝出鐵橋。跟在後面的是Lime Bell與Cyan Pile，最後則是Black Lotus與Scarlet Rain。看樣子四神青龍在連續發射的「等級吸收」黑球雙雙四散時，就已經停止了追擊。

春雪仍然雙手雙腳撐在地上，抬頭看著懸停在短短一百公尺外的超級公敵。

從牠那發出冰冷藍寶石光芒的雙眼，已經看不出任何情緒。或許是因為已經逃出了牠所把守的領域，也不再聽到先前那數次迴盪在腦海中的聲音。即便如此，春雪仍然感受到了。感受到這深藍琉璃色的巨龍正發出淺笑，彷彿在預告他們遲早還會再見。

牠長長的身軀一擺，以沉重的動作開始轉向。長著鉤爪的四肢與四對八片的小翅膀依序從視野中橫貫而過，最後出現的是那長長的尾巴。被黑雪公主以必殺技斬斷的尾巴尖端，正無聲無息地再生。

七人不吭一聲，目送愈飛愈遠，身影也愈來愈淡的巨龍離開。沒過多久，超級公敵「四神青龍」就像被五百公尺外的祭壇吸了進去似的消失無蹤。最後祭壇四角的火焰也依序消失，世紀末空間終於恢復了寂靜。

——不對。

還有聲響。那是一陣像風聲，又像草笛聲的尖銳共鳴聲響。

春雪搖搖晃晃地從四肢撐地的姿勢站起，仰望天空。聲響是從厚重的烏雲上方傳來，而且愈來愈近。

幾秒鐘後，雲層中閃出一個小小的藍色光點。這個光點像流星一般閃閃發光，同時又像棉絮般輕輕飄落。眾人都屏氣凝神地仰望天空，最後終於看見穿破雲層出現的光源——出力縮到最小的推進器噴射火焰。

隨著距離愈來愈近，背著推進器型強化外裝的天藍色虛擬角色，以及被她抱在懷裡的水藍色虛擬角色，身影都漸漸地在夜空中浮現。她們兩人在藍色光芒的照耀下，慢慢地，慢慢地落下。

離地面只剩短短五公尺時，噴射火焰不規則地閃爍，消失。是推進器的能量計量表耗盡了。春雪不及細想地跳了起來，用雙手抱住落下的兩人。

兩張露出微笑的面罩就近在眼前。其中一方動了動嘴角，以平靜的聲調輕聲說：

「謝謝你，鴉同學。」

另一方的虛擬角色並不說話，但輕輕眨動了流水裝甲下泛青色的鏡頭眼。

春雪將兩人放到地上，退開幾步，站到千百合與拓武身旁。

腦海中只有一句話反覆地說個不停。

……回來了，回來了，她回來了。

……早在兩年半前就被困在青龍祭壇的「四大元素」之一，也是八個月前將春雪從掉光點數的危機中拯救出來的「保鏢（Bouncer）」、「唯一的一（The One）」Aqua Current，終於真正回到了黑暗星雲……

不，是回到了加速世界。

就在他眼眶含淚的視線投注之處，流水型虛擬角色轉了一圈，目光在眾人身上一一掃過，最後和伏在稍遠處的深紅豹四目相對。她響起水聲走過去，跪了下來，雙手放到豹的頸子上，把臉埋了進去，用力再用力地抱緊她。

長著牙齒的嘴動了動，對「上輩」說出短短一句話：

「歡迎回來，晶。」

Current輕輕點頭，和「下輩」一樣簡短地回答：

「我回來了，喵喵。」

她們兩人就這麼默默地把臉湊在一起，其餘七人靜靜地在一旁看著。

過了幾秒鐘後，Current站起來，Leopard以「變形（Shape Change）」指令變回人形，仁子用右拳用力擊響左掌，大喊：

「好！這下任務大功告成啦！」

春雪一聽到這句話，緊繃的情緒登時鬆懈下來，當場癱軟在地。這時有人撐住他的背，春雪本以為一定是拓武，也就不客氣地靠著，呼出長長一口氣，沒想到緊接著就在耳邊聽到一個出乎他意料之外的嗓音。

「Crow，你做得很好。」

春雪嚇了一跳，轉頭一看，看見了黑之王的鏡面護目鏡。他趕緊就想自己站好，但黑雪公主已經開始朝所有人說話，讓他找不到機會分開。

「大家也真的都做得很好。我們能抵擋住四神青龍的猛攻，救回Current……而且沒有出現新的受困者，也沒有任何一個人戰死，這完全是在場每一個人的奮鬥所體現出來的奇蹟……然而……」

黑雪公主說到這裡先頓了頓，先看看仁子，接著又看看Leopard。

「很遺憾的，我們也不能算是全身而退。首先Rain，我們害妳的強化外裝幾乎全毀，我要先為這件事道歉，還有道謝。要不是有那樣的裝甲保護，我們實在沒辦法那樣深入敵陣。」

結果紅之王害臊地動了動頭上的天線，回答說：

「還……還好啦，怎麼說呢？只要你們再辦一次咖哩派對，我就當作這件事扯平。啊，可是連吃三次咖哩實在是有點……下次是不是該換漢堡排……不對，乾脆和風一點，來個什錦燒派對……」

「……嗯？不是連吃兩次而已嗎？」

「妳在說什麼？昨天……」

紅之王說到這裡，立刻噤口不說，春雪也全身一顫，當場定格。

昨天，也就是六月二十九日的領土戰後，仁子奇襲有田家，和春雪兩個人親手做了咖哩飯，甚至還過夜。知道這件事的，除了兩個當事人之外，多半只有Pard小姐一個人。

黑雪公主狐疑地看了看沉默得很不自然的仁子，以及被她扶著卻定住不動的春雪，但立刻又說下去：

「……也罷，不管是漢堡排、什錦燒還是佛跳牆都無所謂……只是這也得等到一切都結束之後啊。」

「對……對啊對啊。而且我的強化外裝也是只要登出再連進來就會恢復了……不過……」

紅之王說著先頓了頓，將綠色的鏡頭眼朝向她比誰都更信賴的心腹部下。

黑雪公主也朝與Current相依偎的Blood Leopard看了一眼，緩緩點頭。

「……沒錯。Rain所受的損害固然不小，Blood Leopard所受的損害，想必更是讓我們無法想像……」

「……Lotus，這話怎麼說？」

楓子先前飛在高空，並未看到當時的情形，於是歪了歪頭發問。黑雪公主目光低垂，壓低聲音解釋：

「青龍在最後關頭，發出了『等級吸收』。我們按照計畫，由Crow以賭命的飛行，把球體一路拖到區域外……但連我也萬萬沒有料到，牠竟然會連續發動兩次……」

「……！這麼說來，Pard她……」

「對。第二發的球體，是Leopard挺身為我們擋了下來。她就在點數遭到吸取的狀態下一路跑出區域，儘管沒降級，但相信失去的累積點數是多得嚇人……」

聽她這麼說完，眾人都默默看著Blood Leopard。

但深紅的豹頭人若無其事地聳聳肩膀說：

「NP（沒有問題）。這些點數本來就是為了這一天存的，再賺就好了。」

最先對這句話有反應的，是Aqua Current。晶手掌按上Leopard的臉頰，忍不住說了：

「就是知道會這樣……我才會要妳忘了我。」

「要我忘記『上輩』是強人所難。」

「喵喵還是老樣子，就愛逞強。」

晶放開手掌，退開一步，先對Pard小姐，接著又對仁子深深一鞠躬。

「謝謝妳，Blood Leopard，也謝謝妳，紅之王Scarlet Rain。我會負責讓Leopard賺回所有為了救我而用掉的點數。雖然可能會花一點時間，但我一定會做到。」

Pard小姐與仁子都還來不及回應這個宣言，楓子就先說了下去：

「我也會幫忙。目標就訂在一個禮拜之內達成囉。」

謠也立刻舉起右手：

「我也來幫忙。雖然公敵很可憐，不過我們就去一殺再殺殺個痛快吧！」

「那我也要玩真格的了。我會盡情發揮以前讓我在澀谷戰區被譽為『殲滅者（Genocider）』的獵公敵手腕。」

連黑雪公主都報名了，黑暗星雲的新秀三人組也不能不吭聲。拓武、春雪與千百合同時踏上一步，你一言我一語地喊著：

「我當然也會盡我棉薄之力！」

「我我我，我也會發揮有少數人譽為『公敵偵察機』的偵搜能力……」

「只要有我的『聲響呼喚』，根本就用不著什麼偵察機！我可以叫來一大堆公敵，而且有人受傷也可以一直回復……」

千百合把左手的大型搖鈴揮來揮去，喊得十分起勁，卻忽然不再說話，也不再動。春雪心想不知道怎麼回事，朝兒時玩伴看了一眼。

這個黃綠色的魔女型虛擬角色，就像被施了時間靜止的魔法一樣，完全靜止不動。但她一對狀似貓眼的鏡頭眼內側，卻有無數閃閃發光的星星在翻騰。千百合其實意外的是個頭腦派人物，這種跡象正表示她正在猛烈地動著腦筋。

就在春雪正要湊過去看她到底在想什麼時……

「啊……啊啊！……啊啊啊啊～～～～！」

Lime Bell突然沒來由地大聲嚷嚷，四處張望。

「小……小千妳怎麼啦？」

千百合的視線固定在嚇呆的拓武身上，接著就喊：

「計……計量表！給我必殺技計量表！馬上！現在就要！」

「咦……嗯……嗯，那我們就去找些物件來敲壞……」

「沒那個時間了！啊啊夠了，小春、小拓！你們過來這邊坐好！」

她右手朝地面一指，春雪與拓武瞬間在她所指的位置以跪坐姿勢並排坐好。千百合直立在他們身前，高高舉起了左手的強化外裝「聖歌搖鈴」——

鏗鏗——！

搖鈴敲出莊嚴隆重的音效，把兩人的頭從右到左，又從左往右敲了過去。

春雪的體力一口氣就被打掉兩成左右，視野中有著許多黃毛小雞的幻影轉著圈子。在無限制空間裡看不見別人的計量表，但相信拓武所受到的損傷也差不多。突如其來的暴力場面，讓黑雪公主等人看得啞口無言，但千百合也不在意，朝自己的計量表瞥了一眼，又喊了一聲：

「再來一次，你們行嗎？」

「嗚……嗚……嗯，勉強。」春雪點點頭。

「當……當然可以了小千！」拓武挺起胸膛。這一瞬間……

鏗鏗——！

聖歌搖鈴乍看之下像是樂器，同時卻也是一件在造成打擊傷害的同時，還能引發暈眩現象的優秀武器。拓武與春雪挨了來回各兩記，而且挨打的還是頭部，當場幾乎昏倒似的上身搖晃。所幸千百合的必殺技計量表似乎已經集滿，只見她猛力轉身，同時大聲呼喊：

「Leopard姊！求求妳，相信我！」

……都讓人看到剛剛那種暴力傾向，還敢要人相信她。

春雪雙手撐著頭，想著這樣的念頭。但Pard小姐果然膽識不凡，點點頭說：

「K。」

「那我要開始囉！『香櫞』——」

千百合左手搖鈴轉動兩圈，高聲喊出招式名稱。

「——『鐘聲——』！」

以銳利動作下揮的聖歌搖鈴，迸出綠色的光芒，籠罩住Leopard。

到了這個時候，春雪，還有相信拓武也一樣，終於猜到了這個兒時玩伴的意圖。

這個回復方法實在太單純，也因此在場的每個人都並未想到。千百合是想把狀態回溯。回溯Leopard所受的損傷——不是體力計量表，而是被青龍搶走的超頻點數。

Lime Bell的必殺技「香櫞鐘聲」有兩個模式。

模式Ｉ是將目標虛擬角色的狀態以時間為單位來回溯；模式Ⅱ則是以狀態改變為單位來回溯。也就是說，模式Ｉ可以用來回復受損的體力計量表或必殺技計量表，模式Ⅱ則可以把敵人召喚出來的強化外裝叫回去。無論搭檔戰或領土戰，這兩種能力都能發揮可怕的威力，讓她有了個外號叫作「時鐘魔女（Watch Witch）」。

現在千百合所用的是模式Ｉ。但以前春雪曾經從她本人口中聽過，說即使是香櫞鐘聲，也無法把升級相關的改變回溯。也就是說，沒有辦法取消點選升級的動作來回復點數，也不可能把升級時選擇的必殺技或特殊能力取消，讓人重新選擇。

春雪心想，既然如此，應該也沒有辦法回溯被青龍搶走的超頻點數。升級行為發生的時候，虛擬角色的資料就會儲存到「BRAIN BURST中央伺服器」內，憑超頻連線者個人的能力是再也無從干涉的。相信降級也是一樣……

——不對。

不一樣。Blood Leopard雖然被搶走了累積點數，但並未發生降級。她損失點數，並未取得任何代價。那麼不就有可能回溯這些損失嗎？說得精確一點，也許四神青龍吸走點數之後，會放進沒有人知道在哪兒的袋子裡，袋子裡的點數可能會減少，但這種事他們才不管。

「……小百！」

春雪心無旁騖地站起，從後支撐住用搖鈴發出光線的兒時玩伴雙肩。

「妳行的！妳一定辦得到！加油……！」

香櫞鐘聲是必殺技，不是心念，所以春雪的鼓勵也許根本派不上用場。但春雪仍然把所有能量都匯集到雙手上，想傳給千百合。

以前春雪被「掠奪者」Dusk Taker奪走飛行能力時，千百合也獨自思考、行動，最後幫他拿回了翅膀。千百合就是這樣的人，看似任性妄為，其實卻比誰都更加關心周遭的人們。想來她當超頻連線者的動機，也有一半以上是為了春雪與拓武……

——謝謝妳，小百。

千雪在內心深處這麼呼喊的瞬間，Silver Crow抓在Lime Bell肩上的手就發出淡淡的銀光，透過碰在一起的裝甲灌注進去。然而無論是春雪或千百合，甚至連黑雪公主等人，都並未發現這個現象。

因為籠罩在一重又一重綠色特效當中的Leopard，忽然輕輕將雙手伸向天空，彷彿在收下某種看不見的事物。

不，春雪也看得見，看得見夜空中灑下白色的光粒。這些光的粒子像雪的結晶一樣夢幻，卻又十分溫暖，接連飄落到Leopard的雙手上。當粒子一碰到她手掌的裝甲，就瞬間閃耀光芒後消失。

這場不可思議的雪下了好一會兒才停住。緊接著，千百合的必殺技計量表也用完了。

等Lime Bell慢慢放下強化外裝，春雪也把手從她肩膀上拿開並退開一步，Leopard仍然沒有動作。其餘八人吞著口水守望之下，深紅的豹頭虛擬角色只動了動左手，打開系統選單翻動頁面。她一查完要查的資料，就關掉選單，仿猛獸造型的嘴角露出一絲笑容。

「謝謝妳，Lime Bell。」

Leopard不是說ＴＨＸ，而是說出一整句感謝的話，她深深一鞠躬之後繼續說下去：

「都回來了。被青龍搶走的點數都回來了。」

一陣短暫的沉默過後——

眾人哇的一聲歡呼。仁子與春雪雙手握拳，拓武與晶連連點頭，Raker與謠一起拍手。眾人歡呼聲中，黑雪公主輕飄飄地來到千百合身旁，感佩至極地輕聲對她說：

「……Bell，不，千百合學妹，妳真的是一再讓我吃驚……我也要謝謝妳。多虧有妳，Aqua Current救出作戰才能以再好不過的結果收場。今後還請妳繼續用妳的創意和行動力，幫助我和我們團員……謝謝妳。」

千百合用「聖歌搖鈴」在黑雪公主伸出的左手劍側面輕輕一碰，以不好意思的聲調說：

「我……我其實都只是想到什麼就一頭熱地去做……可是，能來得及回溯真是太好了。我在發招的時候，本來還以為必殺技計量表可能還差了那麼一點點……」

「……這樣啊……」

黑雪公主說到這裡，莫名地先瞥了春雪一眼，接著立刻就將視線拉回千百合身上，點點頭說道：

「不，這些都多虧了千百合學妹腦筋動得快。能趕上真是太好了……」

「妳嘴上這麼說，其實我看妳根本就在暗自慶幸不用去搞麻煩的獵公敵了吧？」

仁子這句挖苦破壞了感動的場面，黑雪公主轉過身去回嘴：

「哪……哪有可能！不然等這次的任務全部結束，就繼續獵公敵獵到時間用完，我也完全不在乎！」

「哦？黑色的，這可是妳說的喔！既然這麼久沒去，那我們乾脆就來一趟四大迷宮連環挑戰之旅……」

「「呃，饒……饒了我們吧！」」

春雪與拓武異口同聲地哀嚎，仁子先令人摸不清楚是認真還是說笑的嘻嘻笑了幾聲，接著端正姿勢，跟著對千百合一鞠躬，說道：

「我也要謝謝妳，Bell。不止謝謝妳幫忙回復點數，也要謝謝妳為了Pard這麼努力。」

說完後她輕輕拍了拍千百合的手，然後走了幾步，面向Blood Leopard說：

「那Pard，妳打算怎麼辦？」

……怎麼辦？什麼怎麼辦？

春雪歪了歪頭，黑之團的七名團員也看著紅之團的兩人。Pard小姐露出約零點五秒的思考模樣之後，輕輕點點頭說：

「現在就升。」

……升？升什麼？

等春雪把頭歪向另外一邊，Pard小姐已經快速閃動左手，再度打開系統選單。她以短短的鉤爪尖端敲了視窗幾次，隔了一會兒後，輕輕按下一個按鍵。

結果虛擬角色的腳下出現了一個發出七彩光芒的光環，接著又從光環竄出同樣有著七彩光芒的光柱，籠罩住Leopard全身。就在同時，一陣又酷又帶勁的旋律響起。春雪過去也曾聽過這段旋律四次。也就是說——這是升級的管樂聲。

「咦……咦咦？」

春雪震驚得後仰上半身大喊，而除了仁子以外的每個人儘管程度不同，卻也都流露出驚訝的反應。

但Pard小姐的左手並未就此停住。她再度舉起左手，又按下一次按鍵，接著聲光祝福又再度籠罩這個身影苗條的虛擬角色。

「咦……咦咦咦咦————？」

春雪的上半身已經仰得不能再仰，讓他承受不住追加的震驚，整個人坐倒在地。站在他右邊的千百合與左邊的拓武儘管並未倒下，卻也定格在奇怪的姿勢。連站成一排的黑雪公主等人，都呆呆站在原地說不出話來。

這也難怪。Blood Leopard在短短幾秒鐘內，就連升了兩級。連1級的新手要升上3級，都是一段相當遙遠的路程，何況Pard小姐在操作系統選單時就已經是6級，然後升一級變成7級，緊接著又再升一級——變成了8級

8級。算來也就只有「純色七王」比8級更高，可說已經達到真正的高等級玩家境界。據春雪所知，達到這個等級的也只有寥寥數人。而在當今的黑暗星雲當中，就只有副團長Sky Raker一個。

七彩光芒特效在寂靜中消退，Blood Leopard不經意地放下了手。

由於尚未取得作為升級獎勵的特殊能力或強化外裝，她的外觀上應該沒有任何改變，但春雪確確實實從Pard小姐的身影當中，感受到了一種直到一分鐘前都並不存在的魄力。

深紅色的虛擬角色輕輕甩動長長的尾巴，無聲地開始行走。她從癱坐在地上的春雪面前走過，來到站在黑雪公主身旁的天藍色虛擬角色身前，停下腳步。

「血腥小貓（Bloody Kitty）」Blood Leopard，面向黑暗星雲副團長——「超空流星（Strat Shooter）」，以平靜的嗓音短短說了一句話：

「讓妳久等了，Raker。」

楓子也同樣簡潔地回答：

「妳終於來到這裡啦，Leopard。」

春雪靠感覺而不是理智，理解了她們兩人這段對話的意義。

他曾聽說Leopard與Raker互相視彼此為好對手，過去曾在領土戰與通常對戰中展開過無數次激鬥。相信Pard小姐為了追上楓子的等級，一定也付出了莫大的努力。但三年前的夏天，前黑暗星雲分崩離析，她們兩人的對戰也就此中斷。Leopard為了救出被困在禁城的Aqua Current而停止升級，Raker也認定軍團瓦解的責任出在自己身上，不再參加對戰。

到了「禁城之戰」之後兩年又十個月的今天，Aqua Current獲救，Blood Leopard花掉存了許久的點數升上8級……達到與Sky Raker同樣的高度。她們兩人的這段對話，就意味著這件事。

楓子與Pard小姐兩人面對面站著，朦朧的過剩光籠罩住她們的身體。她們並不是試圖發動心念，而是虛擬角色體內昂揚的鬥志與喜悅，化為鬥氣外洩而出。

兩人同時舉起右手，握成拳頭，輕輕對碰。壓縮的鬥氣迸發，迸出小小的天藍色與深紅色電光。

當然現在不至於開打，但相信她們兩人很快就會展開對戰。將長年來磨練出的招式、累積的經驗，以及身為超頻連線者的自豪都灌注在拳頭裡，盡情地互相傾訴。雖然不知道春雪有沒有機會看到她們的對戰，但即使看不到，他仍然確信一件事。那就是對戰過後，她們兩人的情誼一定會更加堅定。

春雪將視線從兩名8級玩家身上移開，下意識地朝站在身旁的Cyan Pile看了一眼。這時拓武也正好看了過來，兩人的視線交錯了一會兒。

不用開口，也能夠明確感受到兒時玩伴的心思。拓武一定是再度想起了先前搭著裝甲貨櫃車從杉並戰區來到禁城的路上，他們曾經再度提起的「對戰約定」。也就是當他們都升上7

級，就要展開一場竭盡全力的對戰。無論結果會因此得到什麼，失去什麼……

「…………」

春雪被自己的念頭嚇了一跳，在銀色面罩下瞪大了雙眼。若非Silver Crow的護目鏡屬於半鏡面材質，相信表情的變化會讓拓武覺得訝異。所幸這位兒時玩伴並未察覺有異。春雪用力點點頭後，把臉轉回前方，但腦子裡卻被剛才的念頭鎖住。

……失去？我跟阿拓對戰，不管誰輸誰贏，也不可能因此失去什麼。以前是這樣……相信以後一定也是。

春雪這麼說服自己，揮開了這個沒有根據的念頭，或者說是預感。

幾乎就在同時，楓子與Pard小姐也放下了拳頭。深紅的豹頭人輕巧地轉身，回到她的定位——仁子的右後方。

這群超頻連線者的人數比出發時多了一人，達到九個人。每個人都心有靈犀地調整所站的位置，圍成一個很大的圈子。擔任指揮官的黑雪公主點點頭，舉起右手劍高聲宣告：

「——第一任務『Aqua Current救出作戰』就此達成。大家的表現非常完美。最後……我要鄭重地說一句，歡迎回來，可倫。」

連仁子與Pard小姐，也都應和著黑雪公主的話，大喊：「歡迎回來！」

晶在遮住面罩的水留下緩緩眨動鏡頭眼，細細咀嚼似的一字一句說出：

「……各位，我回來了。」

即使透過水膜，仍然覺得晶的雙眼溫熱而水潤，相信這一定是春雪的錯覺。

3

作戰後的處理——也就是回復所有人的體力，以及重刷仁子被青龍的猛攻打得千瘡百孔的強化外裝——花了大約一個小時。

無論回復體力還是重刷強化外裝，手段都極為簡單。先從東京車站的傳送門回到現實世界，然後立刻重新加速。儘管必須多消耗10點超頻點數，但這樣一來，對戰虛擬角色和強化外裝都將完全重生。春雪等人的體感時間只過了幾秒，但在他們喊出「無限超頻」指令的時候，加速世界卻過了相當於現實世界中一千倍的時間。

與春雪接觸BRAIN BURST以前所玩的許多網路遊戲相比，只要重新連線就可以讓體力與裝備完全回復，這樣的設計看似相當親切，但也另有一個問題。那就是一旦動用傳送門，就連所在位置也會重設。

也因此，當春雪再度來到加速世界，周遭的光景已經不再是東京車站，而是梅鄉國中的運動場。而且似乎就在他們離開的短短一小時內發生了「變遷」，世紀末空間的夜晚已經過去，運動場上染成火燒般的橘紅色。

由於他太急躁，忍不住以ＢＢ程式所能辨識的最快速度喊出語音指令，所以身旁一個人都尚未出現。搶先零點一秒，到了這個世界就會擴大到一百秒，所以要等到伙伴到齊，多半還得花上一分多鐘。

春雪轉動身體，朝著變化成希臘神殿風格的梅鄉國中校舍望去，接著凝神觀看第二校舍一樓東側的角落。

現在這一瞬間，他極為重要的朋友——日下部綸，就在現實世界中位於同一個地方的保健室裡拚命抵抗。拚命抗拒寄生在她對戰虛擬角色「Ash Roller」的分身——那輛美式機車上的ＩＳＳ套件，對她造成的精神干擾。

綸在校慶正熱鬧時昏倒，當時她才剛看完劍道社男社員的集體演武，所以現實時間還過不到三十分鐘。然而ＩＳＳ套件在擴大感染的同時，對每個個體的干涉力也會增加，所以對於持續抗拒著不接受支配的綸來說，想必每一分鐘都比原來漫長無數倍。

哪怕拿下神經連結裝置或切斷電源，都無法防止套件干涉，這點在拓武遭到寄生的時候就已經證實過。雖然他們對這當中的運作機制全無頭緒，但只要ＩＳＳ套件存在於神經連結裝置之中……又或者只要套件本體繼續存在於BRAIN BURST中央伺服器當中，這個現象就會一直持續下去。

「……日下部同學，妳再撐一下。」

春雪朝現實世界中的綸呼喊。

「可倫姊也回來了，而且Pard小姐也升上8級了。大家馬上就會去解決梅丹佐，破壞ISS套件本體……到時候，我們再一起逛校慶。我還有很多地方想帶妳去看。還有，我也想把你哥哥……把Ash兄好好介紹給大家認識……所以……所以……」

春雪拚命訴說，但心中的焦躁仍揮之不去。彷彿先前為了專注於Aqua Current救出作戰而強行壓下的念頭就要爆發出來。

萬一——萬一破壞套件本體的作戰失敗……

到時候，就只剩下一種手段可以阻止對綸的精神干涉，那就是讓她不再是超頻連線者……也就是讓Ash Roller消失。Ash是春雪在加速世界中第一次對戰、第一次打輸，也是第一次打贏的對手，如今在他心中已經變得和軍團伙伴一樣重要。在春雪想讓自己耗光點數，跟災禍之鎧同歸於盡時，拚命留住他的綸也是一樣。兩人都是春雪無可替代的朋友。

這次作戰絕對不容許失敗。若說到攻略梅丹佐的成敗，取決於春雪的「光學傳導」特殊能力，那麼即使得犧牲自己，也非得把那毀天滅地似的雷射攻擊反射回去不可。

春雪看著第二校舍的角落，用力握緊雙拳，背後傳來虛擬角色出現的聲響。轉身一看，從光輪中跳出來的是Lime Bell——千百合。她一找到春雪，立刻開口訓話：

「小春，你會心急的心情我也不是不懂，可是你指令也唸太快啦！要是一不小心吃螺絲，反而會害大家等你好幾分鐘啊！」

訓話內容更頭頭是道。

春雪先在心中對現實世界的綸再說一句鼓勵的話，然後才囂張地反駁：

「嘿嘿，誰叫我從來就沒喊錯過ＢＢ指令跟招式名稱嘛！」

「真的嗎……」

被千百合用狐疑的眼神這麼一看，就愈想愈覺得說不定曾經喊錯過一兩次，只好試著強行改變話題。

「先……先別說這個了，『變遷』讓天都亮啦。總覺得一看到朝陽，就反射性地更睏了說。」

春雪做出打呵欠的動作，但千百合的眼睛翻得更白，回他一句令他意想不到的吐嘈：

「你的世界裡，太陽是從西邊升起嗎？」

「咦……」

春雪趕緊左右張望，發現火紅的太陽的確不在新宿方向，而是浮在三鷹方向的地平線上。先前他認定天空中的橘紅色是朝霞，其實卻是晚霞。可是這種時候如果乖乖認錯，就會損及他超頻連線者前輩的面子。

「又……又還不知道那是不是真正的太陽！說不定那是一顆在八王子那一帶燃燒的大火球

啊。」

春雪嘗試做出牽強的反駁，千百合的眼神變得更冰冷，同時又從下往上犀利地射向春雪的高內角。

「如果燒著這麼大一個火球，連進八王子戰區的超頻連線者當場就會死掉了吧？而且這根本就是『黃昏』屬性好不好？黃昏就是傍晚，所以那不是夕陽還會是什麼？」

「……您……您說得是……」

春雪輕而易舉就被駁倒，雙手食指繞著圈來表達自己處於鬧彆扭狀態，結果背後就傳來不知道什麼時候出現的黑雪公主說話的聲音：

「呵呵，我也認為那是太陽，不過我們可不能認定春雪的主張就是胡說八道喔。」

「咦？學姊，這話怎麼說？」

春雪回頭一看，發現其他同伴也正好在這時陸續出現。黑之王先往四周瞥了一眼，確定九個人都到齊之後，靈活地用劍刃狀的雙手做出環抱動作，說道：

「無限制中立空間裡，有很～～低很低的機率，會出現一種叫做『太陽神印提』的神獸級公敵……該怎麼說呢，這傢伙就是個在地面上滾來滾去的大火球，不但可以吸收火屬性的攻擊，還能蒸發水屬性的攻擊，而且一靠近就會因為高熱傷害而當場斃命。我想一直到現在，恐怕仍然沒有任何軍團能夠打倒印提……」

「可……可以的話我一輩子都不想碰到這種傢伙。」

「我好想看看喔！」

春雪與千百合表達完全相反的意見，晶就踏響水聲走過來，若無其事地說：

「以前，我跟印提打過一場。」

「是……是真的嗎？可倫，連我都只從遠處看過印提啊。」

「是我跟Graph兩個人一起獵公敵的時候找到的。我本來想跑，可是那個白……那個不按牌理出牌的人硬是說他有個好計畫……」

晶說出的名字，指的多半就是黑暗星雲「四大元素」中的最後一人——Graphite Edge。這人在禁城攻略戰時，率領北門攻擊部隊與四神玄武作戰，和謠與晶一樣陷入無限EK狀態。春雪只知道這些，但看樣子這個人物充滿了挑戰精神。

不知不覺間加入談話的楓子與謠，都在面罩上露出略顯尷尬的表情，仁子聽得賊笑兮兮，Pard小姐則一臉傻眼的表情。晶先朝眾人瞥了一眼，才繼續述說這段很久很久以前發生的冒險故事：

「……Graph想出了一個計畫，就是把印提拉到有很多水的地方打下去，藉此來滅火。我們當時是待在青山，所以拚死拚活，好不容易才成功地把印提拖到兩公里外的赤坂御用地，並打進水池裡。」

「……那……那印提的火滅了嗎……？」

拓武從春雪身後以充滿興趣的語氣問出這個問題，晶就微微聳了聳肩膀說：

「火一瞬間變弱了，可是直徑長達兩百公尺的池水轉眼間就沸騰，當場蒸熟了揮劍攻擊的Graph，所以我就丟下他跑掉。等那個笨……我是說那個得意忘形的小子復活，還說下次要拖著印提等到『變遷』，然後硬把牠推下東京灣。」

仁子似乎再也忍耐不住，大聲笑了出來。

「啊哈哈哈……真不愧是黑暗星雲的『矛盾存在（Anomaly）』。我也聽過不少有關他的傳聞，看樣子他是個貨真價實的勇者啊。」

「紅之王，他是個當勇者當到變成白痴的傢伙。」

楓子笑嘻嘻地說出晶一直避免不說的形容詞後，靠到輪椅椅背上，仰望橘紅色的天空。隔了一會兒，以有點掛心的聲調說：

「說到變遷……雖然我也沒指望能這麼好運抽到地獄屬性，不過抽到黃昏屬性實在不能說是前途光明啊。」

「咦……」

春雪正要問師父這是為什麼，拓武就搶先一瞬間發揮他的博士本色。

「對喔。『大天使梅丹佐』在黑暗系空間中的實力會變弱……也就是說，儘管黃昏屬性屬於低階，但終究是神聖屬性，梅丹佐的力量就會得到正向修正？」

「也只有一點點就是了。可是在極限領域的戰鬥裡，就難保這『一點點』不會左右整個局面也是事實……Lotus，就交給妳判斷了。」

「唔……」

黑雪公主站在指揮官的立場，與楓子同樣仰望晚霞說道：

「剛才我們回到現實世界的那瞬間，時間是中午十二點二十分十五秒。也就是說，離我們設定在十二點半的強制斷線保險措施發動，還有九分四十五秒……在這一邊的世界則是還剩下五十八萬五千秒，等於一百六十二點五小時，等於六天又十八小時三十分鐘。」

……春雪腦子裡有個角落在想，不知道能那樣順暢地換算加速世界與現實世界的時間，是否也是高階玩家的證明？但還是專心聽黑雪公主說話。

「這段期間，至少會發生一次，運氣好的話還會發生兩次變遷。對梅丹佐的戰鬥多半……不，是肯定會演變成速戰速決的局面，所以如果想找個安全的地方等到下次變遷，也的確是可行。當然了，下次變遷後讓屬性變成更高階的神聖空間，這樣的情形也不是不可能發生，但根據我的經驗，連續出現兩次神聖系或黑暗系屬性的機會，幾乎可以說是沒有。如果要以安全為第一，就應該先等待三天……」

春雪一聽到這裡，頓時忘我地踏上一步，大喊：

「學……學姊！不用擔心，不管是什麼屬性，梅丹佐的雷射我都會反射回去！所以，我們就不要等了，馬上……」

他拚命說話的時候，腦海中一直浮現出一幅光景，那就是躺在保健室病床上的綸。

即使內部時間過了三天，外界也只過了僅僅四分鐘又多一點。然而現在的春雪怎麼想都不覺得那是「僅僅」四分鐘多。哪怕只是早一分一秒也好，他都希望盡快除去綸所受的苦。春雪就是這樣和她約好，來參加這場連續有兩場大戰的大規模作戰。

「……我們，馬上就去，東京中城大樓……！」

春雪從絞痛的胸口擠出斷斷續續的話，緊緊握住右拳——

這時一隻籠罩著冰涼水膜的手，輕輕籠罩住他的右拳。源源不絕流動的水，溫和地把春雪發作性的焦急給冷卻下來。

「Crow，你的心情我很能體會。」

說話的人，是剛從封印狀態被解放出來的Aqua Current。她走到春雪正面，泛青色的雙眼就像映照在水面上的月光似的直視春雪。

「很久以前……我還沒加入軍團的那陣子，就曾經沒能救到一個對我很重要的人。她有著非常強大的力量，非常遠大的夢想，可是……嫉妒她、忌憚她的人，用惡意吞沒了她。所以，你想盡快拯救Ash Roller，哪怕只快一秒也好，這種心情我真的很能體會。可是，既然這樣，你就更不能心急。我不是懷疑你的能力。可是，憑你一個人打不贏梅丹佐。要讓大家的力量發揮到極致，就必須收集所有收集得到的情報，一次又一次地商議，把能做的準備全部做完。這是現在我們必須做的事情。」

晶罕見地說話說得這麼長一段，而且蘊含了非常強的情緒。

春雪慢慢放鬆肩膀的力道，深深低著頭，輕聲說：

「……可是，要等三天……要等整整三天……日下部同學她…………」

「我不會要你等三天。可是，只要一天……不，一晚就好，可以給我們這點時間嗎？」

低著頭的春雪左側傳來一個揮開猶豫，顯得強而有力的說話聲音。春雪拉起視線，朝他的劍之主——黑雪公主看了一眼。漆黑的護目鏡下可以看見她藍紫色的雙眼發出堅毅的光輝。

「我們不依賴『變遷』。反正除了地獄屬性以外，我們的攻擊都打不到梅丹佐，去在意一些小小的修正也不是辦法。可是，中城大樓附近的偵察，以及作戰計畫細節的評估，都是無論如何必須做的工作，而且……儘管現在沒有人自覺到，但先前青龍那一仗，應該還是十分耗費心神。我們就休息一個晚上，恢復元氣之後，以萬全的狀態來迎戰梅丹佐。因為我們絕對要救出你的朋友……救出Ash Roller。」

「…………好的！」

春雪深深吸一口氣，接著用力點了點頭。

迅速的行動和無謀的冒進完全是兩回事。過去他也曾經多次莽撞行事，害大家擔心，但如果想升上7級……達到高階玩家的境界，也就差不多該學會「了解」與「思考」的重要了。這也是為了在將來那場約好的對戰裡，不要讓拓武失望。

……日下部同學，妳再忍十二小時……忍耐現實世界中的四十三秒就好。到時候，我們就會讓這一切結束。

春雪在心中對綸送出第三次思念，然後將腦子切換到作戰的實務層面。首先是休息一個晚上——說是這麼說，但在這個隨處都可能有公敵徘徊的無限制空間裡，而且在這黃昏屬性下，幾乎所有建築物都像希臘遺跡一樣半毀，可以放心休息的地方實在有限。

「呃，那首先要決定在哪裡……」

春雪一邊看看黑雪公主與晶等老手，一邊這麼說，但看樣子眾人也都面臨同樣的問題，沒有人立刻做出回答。

「請問～不能在校舍裡休息嗎？當然牆壁或地板是有些毀損沒錯啦……」

千百合提問後，由仁子做出了回答：

「這裡也不是不能休息，但又得警戒公敵，又得提防其他超頻連線者攻擊，就是得排哨才行。排哨還挺麻煩的……而且又沒有人可以聊天……」

「呵呵呵，不用擔心的，仁子小妹妹！我會陪妳一起站哨，不會讓妳寂寞！」

「我……我哪有說寂寞！還有不要叫我仁子小妹妹！」

謠面帶笑容聽著她們兩人的對話，忽然想到了什麼似的轉過身來，對楓子問說：

「楓姊，說到休息的地方，『那個地方』不行嗎？」

「說得也是，我也不是沒想過，可是有一點遠……如果是從禁城東門，倒是只要往南走一小段路就可以了。」

……那個地方？很遠？從東門往南？

春雪將這些資訊輸入腦內計算機，得出答案之後立刻喊了出來：

「啊，對喔！可以去Raker師父的家啊！相信無論公敵還是超頻連線者都不會去到那裡，也就可以放心睡…………」

他說到這裡，想起以前在那個家裡受到什麼樣的待遇，頓時閉上了嘴。

春雪去到Sky Raker所擁有的玩家住宅，也就是蓋在東京鐵塔遺址頂端的住家，是在兩個半月之前。當時春雪請Raker教他心念系統，Raker就一邊溫和地對他微笑，一邊伸出右手，毫不留情地把他推了下去──從三百三十三公尺的高度，推到下方遙遠的地上。

該不會這次也要來上這麼一段？不不不，應該不會吧？畢竟我已經學會心念，而且翅膀也回來了。

春雪在內心這麼說服自己，但仍然困在不祥的預感之中，幾名女性則自顧自地聊了起來：

「原來如此，還有『楓風庵』可以去啊。那裡的確有點遠，不過所幸計程車行已經派車來了……」

「我說妳喔，下次我可要跟你們收車錢！而且你們說這什麼瘋瘋庵是在哪裡……在芝公園？那不就要深入震盪宇宙的領土，而且往東一點就是極光環帶的領土，根本就是魔境啊！為什麼要跑去那種地方……」

「呵呵，紅之王，那可是東京都二十三區裡海拔高度最高的玩家住宅呢。現階段能夠憑自己的能力就上到那裡的，就只有我和鴉同學……還有就是遇到好日子的Ash了吧。」

楓子提到Ash Roller的名字時，一瞬間流露出難過的表情，但隨即恢復微笑說下去：

「只要順著剛才的路線再跑一趟，然後從千代田戰區的霞關直線南下，就可以幾乎完全不通過震盪宇宙的領土……可是我們跟青龍打的時候用了那麼多心念，也許那一帶現在已經聚集了很多巨獸級公敵。雖然得繞些遠路，但看樣子還是沿著山手大道一路去到品川再北上會比較好。」

「可是，這路線不也會從長城領土的正中央穿過嗎？他們那群人最喜歡獵公敵了，說不定會碰上很大群的團隊啊。畢竟現在又是星期天中午。」

「嗯……不過總會有辦法的吧。」

「……妳該不會是想把所有擋路的人都砍了吧？我可不要在下次七王會議上被『鐵

拳』Pound抱怨個沒完沒了，他有夠難搞的。」

「哎呀，別看小拳那樣，他也有些地方挺可愛的喲。之前我在空中捉到他的金剛飛拳，拿去給大家一起搔搔癢、捏來捏去，當時他的反應可有多爆笑。」

「……『鐵腕』女，妳還真的是搞出過很多把戲啊。」

仁子說得紅色面罩都變得有點蒼白，固定站在她身後的Pard小姐也連連點頭。

黑雪公主清了清嗓子，把差點離題的話題拉回來，對眾人問說：

「不……不管怎麼說，我想從澀谷到品川的路線，危險會相對比較少。推測震盪宇宙實質上的大本營就是位於港區白金的一間從國小到大學都有的十六年一貫教育式女校，但移動路線離了兩公里以上，應該就不會有問題。有誰有意見嗎？」

千百合在春雪身旁右手一動，但還是保持沉默。只有這次，春雪也能猜出這位兒時玩伴的心思。千百合多半是想對黑雪公主發問，問說為什麼白之團領土所在的港區離他們那麼遠，黑雪公主卻能對他們的現實世界相關情報知道得這麼清楚。

既然大部分超頻連線者都是國小、國中或高中生，軍團的重要地點，往往就會設定在軍團長或幹部就讀的學校。黑暗星雲就是如此，而先前他們在世田谷區遭遇到的小軍團「Petit Paquet」也是一樣。

也因此，只要把軍團據點的學校名稱散布出去，即使不至於演變成洩漏超頻連線者個人資料的情形，仍然會產生一定程度的風險。就像黑雪公主利用學生會副會長的權限來防範各種可能發生的情報外洩情形，震盪宇宙應該也做了類似的措施。要從外篩選出他們的大本營，可說困難到了極點。

沒錯，這個情報不是從外探查到的。黑之王Black Lotus，是白之王White Cosmos的「下輩」兼親生妹妹。黑雪公主之所以能掌握住白之團的據點，理由就在於她們曾是在同一個屋簷下生活的親人。

這件事春雪是在三天前的放學後，在梅鄉國中的學生會室內從黑雪公主本人口中聽到的。現在在場的人當中比較可能知道的，也就只有「四大元素」之中的三個人，但相信千百合一定是靠她天生的直覺，隱約察覺到了這一點，察覺到黑雪公主與白之王之間有著某種關連。

春雪相信就在不遠的將來，黑雪公主也將告知千百合與拓武。把她和「上輩」白之王分道揚鑣的一連串事情都說出來。

「……既然看起來沒有反對意見，那為防萬一，所有人先去集滿必殺技計量表，然後我們就走往南迂迴的路線，朝東京鐵塔遺址前進吧。只是如果紅之王那～麼堅持不想開車，我們就得徒步移動二十公里……」

「啊啊夠了，好啦好啦！」

仁子猛搖右手嚷嚷完，接著又轉守為攻似的露出甜笑補上幾句：

「不過我已經不想再小家子氣地開小路了，這次我要在幹道上飆車！就算遇到大隻的公敵我也照樣硬衝，要是不小心摔下車，你們就給我自己想辦法爬回車頂！」

——只是仁子說歸說，開起車來卻比上次要平穩得多。這輛經過重新登入之後刷得和新車一樣煥然一新的裝甲貨櫃車，以四十公里左右的時速開過青梅大道，在中野坂上往右彎。開上八重圍繞都心的環狀高速公路六號線，也就是山手大道之後稍微提高了速度。

新宿都廳聳立在左手邊不遠處，就表示這一帶是藍之團（獅子座流星雨）領土的核心地帶，所幸一路上並沒有看到獵公敵團隊存在的跡象。只是話說回來，即使辦個連續一個月的長期營隊，在現實世界中也只相當於四十五分鐘。在無限制中立空間裡偶然撞見其他超頻連線者，這樣的情形發生的機率其實很低。

既然沒有人狩獵，接著會發生的自然就是遭遇公敵的可能性變高，但即便他們通過新宿副都心地帶，山手大道仍然籠罩在寂靜之中。儘管黃昏屬性對這次的任務比較不利，但由於建築物都化為遺跡，視野比較開闊，對他們很有幫助。

黑雪公主、晶、謠、Pard小姐、千百合等人，在貨櫃車正中央聊天聊得十分起勁，而自願擔任衛哨的春雪則獨自坐在貨櫃車最前面凝神觀察前方。一通過新宿副都心，前方左側就可以看到一片寬廣的草原。一座毀壞得並不算嚴重的神殿，就孤獨地佇立在草原當中，相信那一定是現實世界中的明治神宮。也就是說，再過去就是澀谷區了。

「鴉同學好像不太去澀谷，是有什麼原因嗎？」

突然聽到背後有人這麼問，讓春雪嚇了一跳，轉過身去。這一轉身，就看到不知道什麼時候已經來到他背後的楓子坐在輪椅上，露出平靜的微笑。

「這個，怎麼說……也不是說……有什麼明確的理由……」

春雪縮起脖子，回答得小聲又含糊。

「像澀谷跟原宿這種地方，怎麼說，給我的印象就是買衣服，還有約……約會時去的地方……我就想說，我好像，不……不必特意去那種地方……」

楓子聽了後先眨了眨眼，接著笑瞇瞇地說：

「對不起，我說得不夠清楚。我本來是想問你不去那裡對戰的理由。」

「咦……」

儘管感覺到腳下的駕駛艙傳來低聲哼笑，但春雪沒有心思做出回應，急忙搖著雙手說：

「我……我就覺得奇怪！請妳忘了我剛剛說的話吧！呃，不在澀谷戰區對戰的理由……單……單純只是因為我在現實中不太去那一帶，對地形也就不熟，而且我又擔心說如果太去刺激綠之團，讓他們領土戰對我們認真進攻，那也很傷腦筋……」

「我想第二個理由應該不需要擔心。長城的『六層裝甲（Six Armors）』不是那種一般對戰打輸就想透過領土戰報仇的人，大概吧……可是，第一個理由，就只能用經驗來解決了。」

「師……師父說經驗……的意思是……」

「等這次任務結束，我就帶你到澀谷逛逛吧。說不定有很多店家是鴉同學會喜歡的喔。」

「店……店家……師父不是指加速世界的商店……」

「是現實世界中的店，像是遊戲店、舊書攤之類的。當然了，如果鴉同學要『去買衣服』，我也完全可以配合的。」

「這……」

這豈不是約……就在春雪想到這裡的瞬間，下方又傳來了並未透過喇叭發出的說話聲：

「喂，不要在人家頭上約人出去約會！」

「這不……」

這不是約會，是修行啦。春雪正想這麼喊，卻忽然想到一個念頭。他當然並不是討厭和楓子獨處，但如果要遠征澀谷，大家一起去一定更開心。

春雪先深呼吸一口氣，接著以好不容易恢復鎮定的聲音說：

「我明白了，師父。那下次放假，我們大家就一起去澀谷吧。還要找仁子、Pard小姐，還有學姊跟阿拓他們……當然綸同學也要一起去。」

楓子聽了後溫和地瞇起橘紅色的鏡頭眼，慢慢地點了兩次頭。

「好啊，就這麼辦。相信綠之團的人一定會嚇一跳。」

「喂……喂，我可沒叫你們帶我去！」

這次換仁子喊得慌了，卻又補上一句：「雖然我也沒說不去」，讓春雪與楓子齊聲大笑。

穿過澀谷戰區，開進目黑戰區之後，路途仍然極為平順。

貨櫃車發出輕快的引擎聲，開在傍晚下兩側有著成排神殿遺跡的幹道上。惠比壽、目黑、五反田這些都心南側的地區，春雪無論在現實世界或加速世界都完全沒有機會來到，所以愈來愈看不出現在車子開到哪裡。還是等看到原先出現在右側的巨大夕陽，不知不覺間移到了正後方，才總算看出行進方向由南轉東。

「長城」占領澀谷、目黑、品川這三個戰區，無論從領土面積或團員人數來看，都無疑是加速世界最大的組織。但他們的活動方針，卻是簽下互不侵犯條約的六大軍團之中最為穩健的一個，甚至幾乎不曾組隊遠征中立戰區。在每個週末的領土戰裡，雖然也會派進攻團隊來攻擊黑暗星雲的領土，但隊員的等級都只有2、3級，最高也只有5級，感覺上不像是想攻下領土，比較像是想讓新進人員累積經驗。

而這樣的綠之團最投入的活動，就是在無限制空間獵殺大型公敵。尤其綠之王Green Grande，更有著只靠單打獨鬥也能持續獵殺野獸級公敵的實力，頻繁地舉辦長期獵公敵營隊，賺取大量的超頻點數。

Grandee最異樣的地方，就在於他會把好不容易賺到的點數換成卡片，餵給最弱小的小獸級公敵吃。而且餵食的地點不限於澀谷與目黑，所以其他軍團的獵公敵團隊，也可能會獵到這種所謂「加分公敵」而獲得大量的點數。不，甚至可以說獵到這種公敵的比例還比一般公敵高。

也就是說，綠之王將他從公敵身上得到的點數，無限地重新分配，試圖維持、擴大加速世界——對戰格鬥遊戲「BRAIN BURST 2039」的營運。對於他的行動理由，以前春雪在六本木山莊大樓的屋頂巧遇Grandee時，就聽他親口用陌生的字眼說明過。

試作第一號「Accel Assault 2038」。

試作第三號「Cosmos Corrupt 2040」。

這兩者都已經因為所有玩家退場而遭到廢棄，但試作第二號「BRAIN BURST 2039」卻有著另外兩者所欠缺的某種因子。在弄清楚這個因子之前，不能讓這個世界廢棄——

這段話對春雪來說完全無法理解，但同時也顯得極為駭人。尤其是試作這個字眼。如果這意味著「嘗試錯誤的一環」……那麼這個拯救、引導春雪，賜給他許多重要事物的世界，也可能只是個脆弱得會因為一個人臨時起意就因而消逝的虛構世界。

所以春雪先前一直不去深入思考綠之王這番話。

他並不是盲目地害怕加速世界消失。如果能讓他再敬愛不過的劍之主黑雪公主實現升上10

級的夢想，結果導致遊戲破關，那麼他會想在黑雪公主身旁，和她一起見證這個世界的結束。如果是這樣，春雪會覺得即使加速世界消失，他也可以得到同樣重要的事物。

但是如果是個陌生的人物判斷這個嘗試失敗，所以啪的一聲關掉開關，一切就此消失——讓所有超頻連線者的記憶跟著陪葬，一切都無疾而終。這種情形春雪絕對不樂見，但同時這種情形也絕非他憑一個人的力量就能改變，這一點也讓他怕得發抖。

春雪用雙手按住真的幾乎要開始發抖的虛擬身體，切換思考的方向。

現在該想的不是他根本碰也碰不著的世界外側，而是重要的朋友就在身邊受苦這回事。日下部綸與Ash Roller都曾經多次幫助春雪，所以這次該換春雪幫助他們兩個。

當春雪抬起頭來，就在去路上看到像是羅馬時代水道般的雙重拱橋。他心想那在現實世界中會是什麼東西，凝神細看，先前他陷入沉思時也一直待在他身後的楓子就幫忙解說：

「那一定是山手線和新幹線的高架橋。從底下鑽過去，往左彎進第一京濱道路，馬上就會開到品川車站，然後再往北開個四、五公里，就是東京鐵塔遺址了。」

貨櫃車就照楓子所說的路線行進，幾分鐘內就看到一座高塔垂直貫穿遠方的天空。這座高塔在永恆的夕陽照耀下，左右兩邊分別染成朱紅色與紫色。在身後聊天的伙伴們也移到前面來，千百合代表眾人發出感嘆：

「哇，好漂亮……！我還是第一次看到黃昏屬性下的東京鐵塔遺址！」

「這樣講的話，我也是第一次看到啊。」

春雪忍不住說出這種不認輸的話，拓武也加了進來。

「我當然也是第一次看到。真正的東京鐵塔完工已經過了整整九十年，這種莊嚴的感覺確實讓人感受到它悠久的歷史呢。」

——喔喔，阿拓說的話果然就是不一樣。

就在春雪覺得佩服的同時，喇叭傳來仁子說話的聲音：

「眼鏡兄講的話果然很有博士樣啊！」

當紅色裝甲貨櫃車開進位於港區戰區——東京都二十三戰區當中，慣例只有北區與港區保留「區」字——東部的芝公園時，從第二次登入算來正好過了三十分鐘。

從這裡往北走個短短三公里，就是他們先前與四神青龍展開激戰的禁城東門。這樣一想，不免就覺得如果從傳送門脫離時，還能把所在位置資料也一起存檔就好了，但BRAIN BURST原則上是一款對戰格鬥遊戲，實在無法要求有這麼親切的設計。

乘客下了車頂，最後仁子將強化外裝收回物品欄（Storage）後著地，九個人就排成一排，仰望這直徑恐怕有二十公尺的巨大高塔。

現實世界中的東京鐵塔是由鋼架組成的電波塔，在加速世界則有著底邊與頂邊面積相等的柱狀造型。所有牆面當然都完全垂直，也沒有梯子或電梯。

兩個半月之前，春雪為了修練心念而嘗試徒手攀登時，空間屬於所有建築物都會變成岩山的荒野屬性，所以以前的牆壁還有著適度的凹凸；然而現在的牆壁改以平滑的大理石砌成，幾乎找不到任何可以讓手腳施力的凹洞。由於黃昏屬性下的建築物都比較脆弱，要在牆上開洞應該還是有辦法，只是——

「……師父，為防萬一我還是問一下……如果在這座塔上打出很多洞，會怎麼樣……？」

楓子笑瞇瞇地回答春雪說：

「當然會倒塌囉。雖然到了下次變遷就會恢復，不過我想我一輩子都不會忘記鴉同學拆了我的家。」

「我……我絕對不會拆的！」

黑雪公主看到春雪嚇得縮起身體，只好苦笑著插嘴：

「喂，楓子，不要那麼愛嚇我的『下輩』。無限制中立空間下的大塊地形，應該沒有這麼容易毀壞。」

「呵呵，對喔。可是我還真有點想知道如果塔倒了，住宅是會繼續浮在空中，還是會落到地上。」

「喔，要實驗的話，我可以用主砲把塔轟掉！」

仁子才剛提出這個聳動的提議，就準備重新召喚強化外裝，但Pard小姐立刻抱起她，默默地對她搖頭。

「喂……喂！Pard，不要把我當小孩！我又不是說真的！」

「……剛才那語氣絕對是說真的。」

「……就是說啊。」

晶與謠以正經的表情說出評語，千百合與拓武發出笑聲。春雪和他們一起笑了一陣，接著拉回話題說：

「呃……那為了以防萬一，最好還是不要在牆上打洞來攀爬吧……這麼說來，唯一的方法就是由我和師父把大家送上去了，只是要一次就送完……應該有困難啊……」

塔的高度接近疾風推進器的上升極限，所以楓子應該只能抱著一個人飛上去。剩下的六個人要由春雪一次帶上去，怎麼想都太強人所難了。

「只要分兩次就好了，不好意思，就麻煩你……」

黑雪公主剛說到這裡，左手還抱著仁子的Pard小姐就用右手摸著大理石牆面發言：

「……大概，爬得上去。」

「咦……Leopard，我怎麼都不知道妳有飛簷走壁能力？」

「剛才搭車來的路上，我選了升級獎勵。」

眾人凝視著說得若無其事的豹頭虛擬角色好一會兒後，除了一個人以外全都不約而同地大喊：「咦～～！」

「可……可是Pard小姐，這可不是2、3級的升級獎勵啊！是7級和8級的獎勵啊！也就是說，這實質上是最後一次選升級獎勵，一般來說要選這樣的獎勵，都得好好考慮個一週、兩週、一個月、半年……」

聽春雪說了這麼大一串話，Pard輕輕聳肩，說出不得了的話來：

「NP（沒有問題）。就算選錯了獎勵，也不是沒有方法可以重來。」

一陣微風吹過黃昏的草原。當這陣風平息後……

「「「咦～～！」」」

除了一個人以外，眾人再度大聲驚呼。

「這……這是真的嗎！Leopard，連我也沒聽過有這種事啊！」

黑雪公主整個人湊過去逼問。

「真的假的！Pard！既然知道這種消息，應該先告訴我吧！」

被她抱在左手上的仁子也嚷嚷起來。但Pard小姐似乎只把眾人的逼問當成耳畔東風，然後說道：

「我也才剛發現。詳細的情形……」

接下來她就將視線轉向先前並未驚呼的那個人——Aqua Current身上。

Pard小姐交棒給晶，但晶只讓水流裝甲發出潺潺流水聲，過了好一會兒才小聲說：

「這件事，我不太想說。」

「什麼？可倫，妳也早就知道了……——唔……不……這樣啊，原來是這麼回事……」

黑雪公主似乎說到一半就想到是怎麼回事，雙手抱胸，就這麼不再說話。接著楓子、謠與仁子也低聲發出「啊……」的一聲。

更驚人的是連拓武與千百合都各自發出「難不成……」「該不會……」的聲音，讓春雪獨自被留在不懂區。他拚命思考，想擺脫這個實在太尷尬的狀況。

Aqua Current從以前就知道重新選擇升級獎勵的方法，而Blood Leopard最近才注意到。她們兩人與升級有關的共通點是…………

「啊……對……對喔……！」

好不容易找到的單純答案在腦海中閃過，讓春雪也叫了出來。Current與Leopard的共通點，不在於升級，而在降級。也就是四神青龍的特殊攻擊「等級吸收」——

眾人都遲疑著不敢發言的場面下，晶搖動循環流動的水流，輕輕點了點頭說：

「對。只要受到青龍的特殊攻擊而降級，升上該等級時所選的獎勵就會跟著消失。反過來說，等到再次升上那一級時，就可以重選一次了。」

「可……可是，可倫姊……」

春雪踏上一步，說出了心中湧起的疑問當中的一個。

「可倫姊在1級的時候，就已經有了很多特殊能力吧？」

Aqua Current不僅在昨天的領土戰中，露了一手可以將場地內的水全都化為自身專用麥克風的「流體聽覺（Hydro Auditory）」，除此之外也還有順著牆面滑降的能力，以及用水流裝甲籠罩住同伴等各式各樣的特殊能力。1級玩家實在無從擁有種類這麼豐富的能力。

晶輕輕點頭，回答他的問題：

「那些特殊能力不是選升級獎勵拿到的。就和你的『飛行（Aviation）』和『光學傳導（Optical Conduction）』一樣，是在戰鬥中學會的。所以，就算降級也不會消失。」

「哇…………」

春雪感嘆得深深嘆了一口氣。

Aqua Current長期擔任「保鏢（Bouncer）」，專門保護點數瀕臨耗光危機的菜鳥玩家，還贏得了意味著加速世界最強1級玩家的外號「唯一的一（The One）」。春雪過去也曾蒙她救助，而她的實力就是在可怕的降級逆境中磨練出來的。

流水虛擬角色全身染成夕陽的顏色，目光在八人身上掃過一圈，用比平常更堅定一些的聲調回答：

「我以前之所以並未解釋『等級吸收』的附屬效果，是因為不希望大家為了重新選擇升級獎勵，而特意去找青龍打。相信大家在剛才的作戰中也已經注意到，青龍除非經過一定時間的戰鬥……不，根據我的印象，是除非我們惹得牠『真正生氣』，否則牠不會動用等級吸收。如果貿然挑戰，極有可能在激得青龍動用這招之前就死掉。想只踏上橋幾步，只讓青龍降低自己的等級然後立刻脫身，是絕對不可能辦到的。」

「…………嗯，我想妳說得對。不過可倫，妳不用擔心，在場的人之中，才不會有人後悔自己的選擇。Leopard這麼說，相信也不是真心想故意去降級。」

聽黑雪公主這麼說，Pard小姐一副「那還用說？」的表情點了點頭。

「Y(Yes)。我之所以提到重選升級獎勵的可能性，是因為想讓Current說出剛才那些話。我的急性子固然該改，不過可倫這種什麼事情都自己一個人扛的習慣也該改一改。」

「…………」

被身為『下輩』的Pard小姐一針見血地指出缺點，讓晶在籠罩於面罩外的水流中摻進了淡淡的苦笑，回答說：

「我會努力。雖然我還有很多事情沒告訴大家，不過我會一點一點說出來。」

「K。」

Pard小姐點點頭，從高塔牆壁前退開一步後，突然將她用左手抱著的仁子往正上方高高拋起。

「喔哇啊啊啊！」

紅之王多半是在場眾人之中最輕量的一個虛擬角色，只見她被拋得發出尖叫，高高飛起。

「『變形』。」

她從人形變成豹形後，用背部接住了仁子。

「我……我說妳喔，Pard，妳明明才剛說過要改掉急性子的毛病！」

聽到軍團長嚷嚷，Pard小姐回答：「那是努力的目標。」接著就將變成猛獸肢體的右前腳放到高塔牆上。她用肉球部分按了兩三次，似乎覺得可以而點了點頭。緊接著她就迅速在垂直的牆面上爬了三公尺左右，讓她背上的仁子嚇得趕緊抱住她的脖子。

「K，大概爬得到頂上。」

「大……大概？」

「……多半爬得上去。」

「多……多半？」

看到紅之團的兩人互動得默契絕佳，楓子微笑著揮了揮手說：

「了解，那我們就在塔頂見囉。」

「K。」

Pard小姐一點頭，立刻就開始在滑溜的大理石牆上奔跑。「飛簷走壁」特殊能力乍看之下不起眼，卻是一種相當稀有而且功效極強的特殊能力。搭配上Blood Leopard敏捷的身手，相信幾乎所有屬性下的障礙物，對她而言都將變得形同虛設。

「嗚呀〜」仁子那像哀嚎又像歡呼的叫聲慢慢遠去，再也聽不見之後，楓子就開心地再次露出微笑說：

「……這麼一來日珥可增加了相當多的戰力。好期待將來兩個軍團開打的時候會是什麼情形呢。」

「嗯，就是啊。為了打得精彩，我們也得變得更強才行……」

黑雪公主這麼回答，將目送Pard小姐離開的視線拉了回來。

「好了，我們也走吧。Raker要帶誰上去？」

「哎呀，這個問題還需要問我嗎？」

楓子微微攤開雙手，一副「那還用說？」的模樣，緊接著整個身影一閃，從輪椅上消失。她以近乎瞬間移動的勢頭衝向的目的地，就是謠的身後。只見嬌小的巫女表情一臉僵硬地正要跳開，就被她用雙手輕輕抱起。

「啊嗚嗚……我……我太大意了。」

謠死了心似的垂下雙手雙腳不再抵抗，楓子就牢牢抱住她，以滿懷疼愛的聲音明言：

「不用擔心的，Maiden，今天我不會把妳丟下去。」

「那……那還用說！」

「ＩＣＢＭ」與「緋色彈頭（Testarossa）」也展現出不輸紅之團的老搭檔默契。黑雪公主看著她們搖了搖頭，接著才轉身面對春雪說：

「Crow，這樣看來，是得請你把Pile、Bell、可倫和我帶上去了……你覺得呢？有辦法一次帶完嗎？」

「好的，沒問題！」

千百合對喊得起勁的春雪露出淡淡的懷疑表情，但唯有這次，春雪並不是胡亂答應。半年前進行第五代Chrome Disaster討伐任務時，春雪就曾右手抱著Black Lotus，左手抱著Scarlet Rain，讓Cyan Pile抓住他雙腳，就這麼一次飛完從杉並到池袋的五公里距離。

這次多了Aqua Current，而且Lime Bell也比嬌小的Rain要重了一些，但只要不貪求速度，單純上升個三百幾十公尺，相信應該有辦法一次把四個人都帶上去。

「那Lotus，我們先走囉。」

楓子抱著謠收起輪椅，召喚出疾風推進器，輕輕揮了揮右手之後仰望天空。就在她彎起膝蓋，輕輕跳躍的同時，推進器火箭點燃。噴射火焰發出藍色的光芒，轉眼間就在滿天晚霞中愈飛愈遠。

「那我們也上去吧。」

黑雪公主說著就讓身體靠近春雪右手。這當然不是他第一次載人飛行，但即使是虛擬角色之間的接觸，去碰他所愛戴的劍之主，還是會令他內心七上八下。但春雪還是好不容易以流暢的動作抱起她的纖腰，內心鬆了一口氣，同時左手伸向千百合。

「來，小百也快點過來。」

「……我總覺得你抱人的動作也太熟練了。」

「我……我才沒有熟練！不不不然妳要抓著我的腳掛在下面也行啊！」

「好好好，那就有勞你啦。」

千百合說著就半靠半撞地將身體靠了過來，這次春雪也不特別緊張，用左手抱住她，接著才忽然驚覺地想到一個念頭。對拓武可以請他像上次那樣抓住春雪的腳，但要怎麼帶上Aqua Current？

「不用擔心。」

晶彷彿看穿了春雪一瞬間的心思，說出這句話來，從正面靠近他，雙手繞到他頸子上。春雪還來不及慌張，籠罩在Current全身的水膜隨即穩穩吸附在Crow的金屬裝甲上，相信這應該是牆面滑降能力的應用。既然有這招，那麼的確不需要春雪抓著，她應該也不會掉下去。

春雪確保上半身夾帶的三個人都夠穩定之後，張開背上的翅膀，以較低的出力振動。他慢慢慢起飛，懸停在一點五公尺的高度。

「阿拓，可以了。不好意思每次都讓你在下面。」

Cyan Pile從後和他牢牢合體——本來應該是這樣，但是他卻沒聽到拓武回答，於是春雪又喊了一聲：

「阿拓？」

「啊……啊啊，對不起，小春。就有勞你了。」

這次有了反應，他以健壯的雙手牢牢抱住Silver Crow的雙腳。春雪漸漸提升推力，等Cyan Pile的腳離開地面後，便將視線轉往正上方。

楓子和謠已經變成人體飛彈飛走，看都看不見，但可以看見有個小小的影子正在遙遠的高處沿著牆壁移動。看來Pard小姐也能一路爬到塔頂，特殊能力不會在中途就失效。

「那我要上了！」

春雪朝四人說了一聲，提高了金屬翼片的振動頻率。一陣像是電梯往上時會有的重力感剛來，隨即又轉變成飄浮感。他維持在距離高塔牆壁五公尺左右的距離，以一定速度上升。視野左上方的必殺技計量表開始減少，但只要以節能方式飛行，應該是很夠用的。

一想到這裡，抱在左手的千百合就發出歡呼：

「哇啊，那邊好像有好多神殿！小春，你往左挪一下！」

「我……我說妳喔……要是我計量表不夠，妳可要記得幫我用香櫞鐘聲。」

春雪嘀咕歸嘀咕，還是從塔的南方移往西方。順便再將身體往左旋轉，黃昏空間下的東京都心地帶就映入眼簾。

右手邊遠處，可以看到一塊被無底深淵圍繞的寬廣空間——也就是他們才剛和青龍展開過一場激戰的「禁城」。但千百合所說的，應該是林立在離他們更近處的高層神殿群。在科林斯式（大概吧）圓柱的支撐下，堆疊了好幾層地板，營造出一種古希臘風未來都市的景象。壯大的開闊景色，讓春雪忘了先前他還發過牢騷，看得出了神，結果黑雪公主伸出右手劍說道：

「那一代應該就是霞關和永田町了。從右依序是財務省、農水省、內閣府……遠一點那個很低很大的神殿，應該就是國會議事堂了。國小社會科實地參觀的時候應該去過吧？」

春雪尚未回答這個問題……

「啊，去過去過！小春還在裡面迷路，可折騰了呢，學姊！」

千百合就爆出這種極機密情報，讓他趕緊嘗試辯解：

「才……才不是迷路！我是在探險！聽說美國議會的地下就有密室，所以我就想說日本的議事堂可能也有……」

「你說的是我們以前一起看過的電影吧！不管是美國還是日本的議事堂，都沒有什麼密室啦！」

「妳怎麼敢斷定！既然是祕密，當然不會讓國民知道啦！」

「不會吧，你到現在還相信那套喔？都國二了耶？」

「有……有什麼關係！夢想是沒有年齡限制的！」

春雪和千百合糟蹋良辰美景，吵得不可開交，忽然聽到胸前的Current嘻嘻一笑。

「……這段插曲還真是非常合Crow的作風說。不過呢，雖然破壞你的夢想是很過意不去，但我想並不是沒有方法可以查證是否有密室存在。」

「咦……是要偷摸進去嗎？」

春雪聽得啞口無言，結果這次換黑雪公主笑了。

「對喔，我知道了。不是從現實世界，而是從加速世界去查證，對吧？只要那所謂密室裡設有公共攝影機，加速世界裡應該也就會產生這個密室。雖然黃昏屬性下的建築物構造變動幅度很大，不過我想想……如果是工廠屬性或鋼鐵屬性……」

「喔喔，原來如此！那我們下次放假馬上就去查證看看吧！」

「什麼嘛！妳剛剛明明還否定得不得了！」

——進行這樣的對話之餘，春雪仍然維持一定的速度往上攀升。沒過多久，禁城與國會議事堂都被淡淡的雲層遮住。再度將視線拉回上空，就看到不知不覺間，塔頂的邊緣已經在傍晚的天空中劃出清晰的弧線。看來先行的四人已經抵達，看不見她們的身影。

春雪所料不錯，必殺技計量表看來還會有剩，所以他在最後三十公尺加快速度，飛得超出了東京鐵塔遺址的高度。塔頂的光景就和他的記憶一樣，是一座有整片草地的庭園，楓子等人的身影就出現在庭園角落。

「各位久等了！」

春雪對先到的四人喊了一聲，停止攀升，轉為滑翔狀態。掛在他腳下的拓武先放手，重重落在草地上。接著春雪也有點驚險地完成降落，黑雪公主等三人就從他的雙臂與胸前跳下，各自說出慰勞他的話。

春雪順利完成運輸機的任務，呼出長長一口氣，忽然注意到拓武在飛行途中顯得格外沉默。他心想不知道是不是這小子怕高，正要轉身去看背後的拓武，就先聽到楓子開口：

「各位，歡迎來到我的庭園。這還是第一次有這麼多客人來，但願我家擠得下所有人。」

聽她這麼一說，春雪就想到以前楓子收留他過夜的住家──記得似乎有個風雅的名字叫作「楓風庵」──應該是一棟不怎麼大的建築物。正想著不知道有沒有辦法容納足足九個人，視野轉往圓形的空中庭園一看，卻驚訝地瞪大了眼睛。

庭園正中央有一座小小的泉水，水面映出夕陽餘暉，發出橘紅色光芒，正中央更浮著一個晃動的藍色橢圓形──也就是傳送門。到這裡都和他的記憶相符，然而不管他怎麼凝神觀看，就是看不見理應蓋在泉水後方的那棟有著白色牆壁與綠色屋頂，模樣瀟灑的小木屋。

春雪把拓武奇妙的沉默都拋諸腦後，用右手指向庭園東側大喊：

「啊，師……師父！房……房……房子不見了！」

楓子已經卸下疾風推進器，換回白色連身裙。聽他這麼一說，就笑得連寬邊帽子都跟著搖曳。

「呵呵，這房子沒有被龍捲風吹走，也沒有被大野狼拆掉。玩家住宅上了鎖以後，除非屋主接近，否則都不會實體化。」

她迅速操作系統選單，把一個小小的物品實體化。這個發出銀色光芒的物體，是一把造型復古的鑰匙。

仔細想想，春雪自己就曾在短短九天前，為了進入蓋在另一處的玩家住宅，拚命地尋找一把沉眠在無限制空間角落的鑰匙。由於兩件高階強化外裝和鑰匙一起放在房間裡，相信任誰也沒有辦法再找到那間住家。

楓子一隻手拿著一把與春雪撿到的款式不同的鑰匙，朝泉水走上幾步，一棟眼熟的白色屋子就籠罩著淡淡的光芒出現。千百合與仁子大喊：「喔喔！」楓子轉過身來對眾人招手。

「來，請進。記得裡面應該還剩下一點食材物品，只是保存期限可能過了一千年左右。」

4

他忽然間覺得聽見了一個小小的聲響。

微微睜開眼睛一看，正好看到唯一的門關上。是有人走出了屋子。

春雪輕輕仰起脖子看向四周。伙伴們各自以不同的姿勢，躺在比記憶中更寬廣的「楓風庵」地板上，不知不覺中落入夢鄉。當然每個人都還維持著對戰虛擬角色的模樣。

Pard小姐像貓一樣蜷起身體，仁子則是拿她當枕頭。楓子側躺著睡牢牢抱著謠。在她們身旁輕輕搖動的，是將水流裝甲縮成球狀的晶。拓武靠著牆壁睡，千百合則在春雪身旁睡成大字形。

但房間裡唯一的一張床上，卻沒有半個人影。

全場一致通過將床的使用權讓給全身到處都是尖銳物，多半很難睡在地板上的黑之王，也就是幾秒鐘前出了這棟房子的黑雪公主。如果這是現實世界，大概只會覺得她可能是要去上廁所，但在加速世界裡無論怎麼吃喝，都不會產生這種生理需求。

「……………」

春雪又和睡意搏鬥了幾秒鐘後，慢慢坐起了上身。

他小心避免發出聲響地起身，躡手躡腳地走過木頭地板。一碰到門把，門就會往外側打開，所以他小心溜出門外，再慎重地關好門。先前春雪聽到的聲響，多半就是門開閉時溜進屋內的風聲。

屋外與他來的時候一樣，有著滿天的彩霞。從系統選單查看連續上線時間，得知自己似乎睡了五小時左右，而看來這段期間內並未發生「變遷」。

春雪關掉選單，轉動脖子一看，就在放置於塔外圍西側的一張長椅上看見了一個人影。從春雪的位置看去，正好就和浮上地平線的火紅夕陽重合在一起。

在戰場上英姿煥發的銳利形體，現在卻莫名顯得像是玻璃工藝品一樣脆弱。有好一陣子，春雪只默默地注視著她。等到再度吹起的風吹得泉水陣陣漣漪，才讓他開始走上前去。

或許黑雪公主早已注意到有人從屋子裡走出來，也注意到來的人是春雪。當他走到離長椅只剩兩公尺遠時，黑雪公主靜靜地說道：

「不好意思，我吵醒你了嗎？」

「……哪裡，我已經睡得很夠了。」

春雪停下腳步這麼一回答，黑雪公主就默默往右挪動身體。春雪又往前走上五步，從左繞到長椅前面，在空出來的位子坐下。

眼前就是空中庭園的邊緣，懸崖邊又沒有任何欄杆之類的物體阻隔，所以只要抬起頭來，就能將俯瞰加速世界的景觀盡收眼底。從六本木到澀谷的都心地帶是不用說，更遠的世田谷、調布、八王子那一整片的街景，甚至更遠的奧多摩群山，都在永恆的夕陽照耀下染成火紅，讓人覺得整顆心都彷彿會被吸進去似的。

「如果可以和你一起，朝著這太陽無窮無盡地飛去，相信一定非常暢快吧……」

聽到右側傳來這樣的低語，春雪點了點頭回答：

「……就是說啊。現在，我覺得自己連加速世界的盡頭都飛得到……」

他幾乎是下意識地這麼回答，接著才回過神來，補上一句：

「雖然實際上飛到澀谷那一帶，計量表大概就會用完了。」

黑雪公主聽了，在短暫的沉默之後，輕聲說出一句令春雪意想不到的話。

「如果，動用心念系統呢……？」

「咦……」

春雪朝身旁瞥了一眼，但黑之王的臉孔就和Crow一樣，被全罩式的護目鏡遮住，看不出她的表情。春雪將視線拉回遠方的落日，想了一會兒後回答：

「呃……如果反覆用『光速翼（Light Speed）』上升到極限再滑翔，我想應該是可以去到相當遠的地方啦……可是那一招在我的心念裡面是最不穩定的。雖然我也不時在練習，但想像就是不夠，還常常發動不了……」

「是嗎……——不，是我不好，不應該想到什麼就跟你胡說。心念的發動和精神狀態有著非常密切的關連，平常練習時的確有可能不如意，你不必心急……」

「好……好的。」

春雪點頭歸點頭，卻覺得有點耿耿於懷，又朝黑雪公主的側臉偷看了一眼。心念系統兼有光明與黑暗兩種面向，哪怕是以希望作為能量來源的正向心念，一旦濫用就會被「心靈空洞」吸引進去，遲早有一天會被無底的黑暗吞沒。這樣教導春雪的人就是黑雪公主自己，而她過去在沒有必要的時候，幾乎連「心念」兩字都從來不曾提過。

正當春雪問不出：「學姊妳怎麼了」這句話而默默不語——

黑雪公主忽然動了動左手打開系統選單，在一個由春雪看去完全素色的畫面上迅速操作，接著多半是從物品欄（Storage）取出了物體，只見無數白色的光點聚集到她手上，形成一個小小的矩形。

那是一個春雪在加速世界十分眼熟的物件——「物品卡」。有的是用來把各種消耗品、強化外裝或超頻點數封進卡片裡，除此之外，也有錄影卡或生死對戰卡等本身就具有特殊功能的卡片。

春雪心想不知道她拿出的是什麼卡片，凝神一看，立刻在護目鏡下尖銳地吸了一口氣。

黑雪公主用劍尖拿著的這張卡片，在油墨般的消光黑底色上，浮現出鮮豔的紅色字串。從春雪的角度，仍然看得出上面所刻的字母。【Incarnate System Study Kit】。

這是四天前，春雪在世田谷區拿到的ＩＳＳ套件封印卡。

把這張卡片交給春雪的，是一名叫做Magenta Scissor的女性型超頻連線者。她的目的是讓加速世界單一化，企圖將總人數只有三人的軍團「Petit Paquet」納為己有，但在Silver Crow與Lime Bell的介入之下而斷念，將兩張用不到的封印卡交給春雪後就離開了。

Magenta並非放棄了傳播套件的意志。看她在短短三天後，就在世田谷第一戰區襲擊Ash Roller，並強制讓Ash感染套件，就知道她顯然並未放棄。但既然如此，她又為什麼要把多達兩張的封印卡交給春雪呢？雖然她自己說是「被正向心念汙染，派不上用場了」，但即便真是如此，也只要自己處理，或是留在物品欄裡就好了。

當然這也可能是某種圈套，但春雪無論如何就是不這麼認為。因為Magenta Scissor在激戰中落敗後，留下卡片而慢慢遠去的背影，讓春雪感受到了一種矜持。那是一種堅定的意志，絕非受到ＩＳＳ套件——絕非受到打造出套件的「加速研究社」操縱。

因此春雪帶回兩張卡片，在翌日的會議中，拿給黑雪公主與楓子看。她們兩人當然大吃一驚，但吃驚的理由卻超乎春雪的想像。原來ＩＳＳ套件卡的漆黑底色下，藏著一個徽章。藏著初代紅之王「槍匠(Master Gunsmith)」Red Rider的徽章……

黑雪公主將封印卡實體化，和三天前一樣舉向黃昏空間的夕陽。

物品名稱下方，浮現出畫著兩把手槍交叉的徽章。吸住卡片的劍尖一瞬間顫動，在在表達出黑雪公主正在承受深沉的痛楚。

春雪心想這次一定得說點什麼才行，忘我地開口呼喊：

「學姊……」

黑雪公主的視線朝他瞥來。但他說不出接下來的話。

「呃……這個……」

春雪陷入輕微的恐慌狀態，從多達幾十套的選擇中挑選出來的，卻是一個怎麼想都不適合在這種場面問出來的問題：

「請……請問學姊是怎麼讓物品吸在劍上的？看起來有點像磁鐵……？」

「嗯……？」

這個問題似乎頗出黑雪公主意料之外，只見她眨了眨鏡頭眼，這才苦笑著回答：

「不，也不是裝了磁鐵。在我自己的感覺裡，就是用手指抓住，只是這手指看不見……大概就是這種感覺吧……」

「是……是喔……那，要用鍵盤打字也……」

「唔，不是不可能，只是因為看不見手指，打起來挺累人的。我以前表演給你看過的那招把劍刃化為手掌的心念，來源就是將只存在於感覺上的五指和劍刃化為一體的想像。只是就和你的『光速翼』一樣，很不穩定就是了……」

黑雪公主說到這裡先頓了頓，以彷彿在卡片的另一頭窺見到遙遠過往似的聲調繼續說：

「……很久以前，Rider那傢伙也說過……他說：『Lotus，就算我做槍給妳，妳也開不了吧？』當時我還小，以為他是在取笑我，還覺得生氣，可是……說不定他在那個時候，就已經有了那樣的念頭，打算把絕對沒有辦法擊發的槍『Seven Roads』送給七王每一個人……作為永恆友情與和平的證明……到頭來，他到最後還是不知道我的手其實可以開槍……」

「…………學姊……」

春雪再度陷入只能呼喊她的窘境。

但黑雪公主對春雪深深點頭，放下了拿著卡片的左手。

「……難得你帶了這封印卡回來，我卻沒能查出上面刻有Rider徽章的理由。畢竟我總不能解開卡片的封印啊……」

「那……那當然了！就算是開玩笑，也請學姊別說這種話！」

「嗯，也對……不管怎麼說，對卡片本身我還是一無所知，可是……我覺得隱約可以想像Magenta把這個交給你的意圖所在。」

「咦……那……那是怎麼……」

「相信她早就知道卡片中隱藏的徽章屬於Red Rider，也知道讓Rider掉光點數的人就是我。

而你拿到卡片之後會拿給我看，這點應該也不出她所料。也就是說，這是對我的挑戰。Magenta是在問我有沒有這個覺悟，從正面和跟Rider有著某種關連的ＩＳＳ套件本體對峙……」

「…………！」

這番話完全出乎春雪意料之外，讓他再度全身緊繃。

「天……天啊……那我完全上了Magenta的當……」

「不，我不是在怪你。你把卡片交給我，這個判斷很正確。而且也是多虧先看到卡片，我才能把以前一直說不出口的，白之王White Cosmos的事情說給你聽……而且還能像這樣，在東京中城大樓攻略作戰之前，有時間先做好覺悟。從這個角度來看，我甚至還得感謝Magenta才對。」

「…………」

儘管黑雪公主好意這麼說，但春雪還是好一陣子抬不起頭來。無論Magenta Scissor真正的意圖為何，春雪的行為都確實對黑雪公主造成了過大的精神衝擊。他深深低著頭，內心說著：「學姊對不起」然後深呼吸一口氣，把意識切換過來。既然黑雪公主決定做出覺悟，春雪就不能在這個時候動搖。

春雪猛然拉起上身，問出了先前談話過程中心中浮現的最大疑問。

「……學姊，妳剛剛說Red Rider和ＩＳＳ套件本體的『某種關聯』，到底是什麼樣的關

聯？初代紅之王早在兩年半之前就已經離開了加速世界……我是覺得他本人應該不可能直接和這件事有關……」

「唔……我也覺得你說得對。若說有可能有什麼關連，我也只想像得到多半是Rider以他特異的能力……用『創造槍械』(Arms Creation)創造出來的強化外裝，留在加速世界之中，並在ＩＳＳ套件的製造上扮演了某種角色……」

「創造……槍械……」

春雪以沙啞的聲音複誦完，再次體認到初代紅之王的特殊能力是多麼驚人。

本來強化外裝只能透過選擇升級時的獎勵或從商店購買來取得，他卻能自己創造出來。這種能力最可怕的地方，就在於影響力會隨著時間的經過而不斷累積。即使做一把槍要花上三天，照算下來一個月就能做十把，一年就能做出多達一百二十把。不用想也知道這樣的「軍備」對軍團戰力的增強有多大的幫助。

而現況是否就表示Red Rider所創造的槍械不限於單純的槍械，甚至還創造出了能夠反覆生產強化外裝的「某種東西」？而不知道怎麼回事，這個東西落到了加速研究社的手裡，讓他們用來製造ＩＳＳ套件……？

黑雪公主彷彿聽見春雪的心思，微微點頭說道：

「能創造強化外裝的強化外裝……如果在四天前有人問我這個問題，我想我多半會一笑置之。但我現在看到了ＩＳＳ套件封印卡上所刻的Rider的徽章……實在想不到別的解釋……──而且……」

黑雪公主說到這裡先頓了頓，將面罩朝向夕陽右側。

她視線所向之處，聳立著比東京鐵塔遺址略低，但份量感多了好幾倍的高樓。而且這樣的高樓還足足有兩棟，隔著寬廣的幹道相望。左側的大樓有著許多比較曲線的造型，是先前春雪與綠之王Green Grandee對打的六本木山莊大樓；右側正方形的大樓，則是這次任務的最終目的地──東京中城大樓。黑雪公主的鏡頭眼，當然是朝向右側的大樓。這棟大樓和其他建築物一樣，化為白堊色的神殿，但即使離了一千兩百公尺以上，春雪仍然感覺到這棟高塔籠罩在一種妖氣當中。

擁有「隱形／全屬性攻擊穿透」屬性的神獸級公敵「大天使梅丹佐」，應該就在這中城大樓的屋頂上虎視眈眈，一旦有人接近大樓半徑兩百公尺以內，就會二話不說地用雷射蒸發掉。而大樓的高樓層部分，就藏著在加速研究社的圖謀中最核心的「ＩＳＳ套件本體」。如果無法鑽過梅丹佐的猛攻，達成衝進大樓破壞套件本體的任務，加速世界就會籠罩在黑暗當中──春雪與日下部綸以及Ash Roller之間的情誼也將完全喪失。

當他不由自主地用力握緊拳頭，望著中城大樓的黑雪公主再度開始訴說：

「……而且，我感覺得到。感覺到在那個地方，我多半將要面對我的過去……雖然我還不知道會以什麼樣的方式去面對……」

「過去……是嗎……？」

「對。我在七年前成了超頻連線者，一路走到今天，犯下了許多的過錯。我在無止盡的渴望驅使下揮劍，造成了大量的流血。這張卡片，就沾著這些血。只要順著血跡走……到了根源，一定會有過去的我在等著我……」

黑雪公主說出這番淒涼的話，視線卻仍然注視遠方的巨塔，挺直腰桿，以堅毅的聲音說：

「可是，我不會在害怕，不會再逃避過去。我有楓子、謠、晶、拓武、千百合、仁子、Leopard……還有你在。無論那座高塔裡有什麼等著我，我都不會退卻。唯有這一點，我現在就可以向你保證。」

黑雪公主說完後，春雪仍然無法立刻答出話來。不但答不出來，甚至不敢看著她。因為他覺得只要略一動彈，銀色面罩下的雙眼眼眶內滿盈的淚水就會溢出。

春雪看著滲出七彩光芒的夕陽，深深吸一口氣，好不容易答出一句話：

「我也……向學姊保證。無論這一戰多麼艱辛，我都不會放棄、灰心。我會在學姊身邊，和學姊一起奮戰到底。」

「…………嗯。」

黑雪公主點點頭，隔了一會兒後補上一句：

「可是，當我要你逃……」

她還沒說完，春雪就堅定地宣告：

「我不會丟下學姊或大家，自己一個人逃命。絕對不會。」

到頭來春雪和黑雪公主都並未回到楓風庵，就這麼在長椅上聊個不停。談話內容有九成都是無關緊要的閒聊，但最近黑雪公主忙著準備校慶，不太有時間和春雪兩個人聊天，所以這段時間對春雪來說美妙得簡直如夢似幻。

過了一會兒，背後傳來開門的聲響，於是他回頭一看，就看到仁子打著大大的呵欠下到草地上。她一注意到和黑雪公主並肩坐在長椅上，當場定格不動，兩根天線零件動了動，接著才小跑步跑過來。

「早啊，春雪大哥哥♪」

春雪一邊訝異地心想仁子怎麼劈頭就開天使模式，一邊回答：

「早……早啊，仁子。昨晚睡得好嗎？」

「嗯！可是，一早醒來，發現本來應該抱著我的大哥哥不見了，害人家好寂寞喔……」

「……哦？」

聽到身旁傳來略顯危險的聲音，春雪趕緊猛力搖動頭與雙手，同時從椅子上跳了起來。

「不……不對不對不對！」

他轉身面對仁子，一邊大叫，一邊退開幾步，結果一腳從塔底的邊緣踩空，整個身體猛然往後傾斜。

「嗚……嗚哇嗚哇嗚哇！」

春雪雙手用力轉圈，接著才想起背上有翅膀，隨即微微振動翅膀回到塔頂。他先喘了好一會兒，才又喊說：

「我……我明明就沒有抱妳！仁子明明一直都拿Pard小姐當枕頭在睡！」

「咦？是這樣嗎？啊，我知道了♪一定是我把昨天的記憶也混……」

「哇——————！」

春雪用雙手比了個大叉，讓仁子閉嘴後連連咳了幾聲，調整好態勢，強行切換話題：

「別……別說這些了，其他人還在睡嗎？考慮到開作戰會議也要時間，也許差不多該叫他們起床了啊！」

「啊，剛才Raker也醒了，我想現在應該正在叫所有人起床。倒是你自己有好好睡嗎？」

仁子關掉天使模式這麼問起，黑雪公主儘管還多少存著懷疑，但還是點點頭回答：

「嗯，沒有問題。我們只是不小心起得早了點，就在這裡討論作戰。」

「哦？討・論・作・戰？」

「……妳想說什麼？」

「沒～有啊～！」

兩個王之間迸出點點火花——至少春雪眼裡產生了這樣的錯覺，讓他差點又往後退。但兩次踩空實在太愚蠢，最後總算踏穩腳步，開口發言：

「呃……呃，那我去叫大家來。因為我想看著中城大樓開會應該比較好。」

春雪極力讓自己的動作顯得自然，走了幾步之後，聽到背後傳來黑雪公主說話的聲音：

「春雪，等作戰結束，回到現實世界後，你要留在學生會室，我有關於『昨晚』的問題要問你。」

「……………………遵……遵命。」

春雪勉強答出這句話，以介於快步行走與小跑步之間的速度走向屋子。

沒關的門後光景就如仁子所料，所有人都已經起床。只有不好叫醒的Pard小姐與晶上半身仍然搖搖晃晃，但仍然被楓子推著走到屋外。

謠與千百合、拓武也緊跟在後，等房子裡的人都出來，楓子立刻關門上鎖。春雪正想著她做事還真牢靠，楓子就轉過身來，搖了搖右手上的鑰匙。

「在現實世界裡都可以遙控上鎖，所以都不會用到這種鑰匙，沒錯吧？所以要是出門後不馬上上鎖，就很容易忘記呢。」

「啊……原來如此……師父有實際忘記過嗎？」

「當然有啊。有一次我忘了上鎖，現實世界中的整整五天……在這邊就是將近十四年，門都開著沒關。」

「十……十四年……都沒有遭小偷嗎……？」

「最神奇的就是這裡了……房子附屬的倉庫裡放的物品全都還在，卻只有食材全都不見了。我本來還以為是Ash做的好事，可是不管我怎麼逼問，他都沒招。」

春雪忍不住就想去想像到底是怎麼逼問，但忽然發現一件事，劇烈地搖頭說：

「啊，不……不是，也不是我做的！」

「哎呀，我都還沒問呢，你反應可真快呢。」

「真真真的不是我啦！」

就在他們說話的時候，走在前面的晶與Pard小姐似乎也終於讓血壓上升到正常值，同時轉過身來說：

「一定是幽靈做的。」

「最好快點除靈。」

「哈哈，加速世界怎麼可能會鬧……」

春雪笑著這麼說道，結果不止她們兩人，連楓子都和她們面面相覷，接著露出耐人尋味的微笑。

「咦……？真……真的會喔……？」

三人不再回答他的這個疑問，快步朝泉水另一邊走去。

「那……那個，請等一下，請告訴我啊！」

春雪趕緊追上，同時又忍不住四處張望。

當九個人都在泉水邊到齊，黑雪公主再次打開系統選單，查看累計登入時間。

「現在正好過了十個小時。也不知道該不該說很遺憾……就是變遷並未發生，這黃昏屬性應該會繼續維持一段時間。雖然在要這樣的條件下跟梅丹佐打是有一點不利，但就像之前我在學校所說，除了地獄屬性以外，本來就不可能打倒那種神獸級公敵。我們的目的只有一個，就是衝進中城大樓，破壞ＩＳＳ套件本體。當然如果情況允許，對梅丹佐當然可以不予理會……到這裡，大家有什麼問題嗎？」

「有。」

拓武舉起了右手……不，應該說是打樁機。

「軍團長，為了以防萬一我還是問一下……是不是只要我們進了大樓內部，梅丹佐就會停止攻擊？」

「嗯……這一點的確令人掛心。」

黑雪公主點點頭，轉身朝著聳立於西北方一千兩百公尺外的中城大樓看了一眼。

「現在我們看不到，但梅丹佐應該就座鎮在那棟大樓的屋頂。只要有任何東西接近大樓半徑兩百公尺以內，牠就會以瞬殺級的雷射進行攻擊。到這裡都正確吧，Crow？」

被黑雪公主問到，春雪深深點頭：

「是，雖然我只看到輪廓，但我親眼看到了屋頂上的梅丹佐，也看到牠用威力強得離譜的雷射把入侵領域的物體蒸發掉。雖然兩百公尺這個數字，就是從綠之團的Iron Ponud兄口中聽來的了……Pound兄還把中城大樓比喻成『小禁城』。」

「哦？這比喻可真傳神。」

楓子嘻嘻一笑，將視線從遠方的巨塔拉到春雪身上，輕輕點點頭說：

「鴉同學，剛剛你說：『入侵領域的物體』，這意思是說不限超頻連線者，有任何物件進入這個範圍，也都會受到雷射攻擊嗎？」

「咦……呃……」

正當春雪陷入思索，千百合大聲喊出：「對喔！」

「如果梅丹佐看到什麼就打什麼，那只要從牠的攻擊範圍外撿些石頭之類的東西往裡丟，讓牠亂射雷射，說不定就有辦法耗光牠的能源是吧，姊姊！」

「是啊。畢竟就算是神獸級公敵，也不是說就擁有無限的能源。只要一直讓牠虛耗，相信總有耗光的時候……鴉同學，你覺得呢？」

眾人環視之下，春雪抬起頭來，慢慢地搖了搖頭。

「不……很遺憾，我想這一招應該不管用。Pound兄讓我見識梅丹佐的雷射時，還特地拿自己的右手當誘餌。他的金剛飛拳一旦壞掉，在離開對戰空間之前都不會恢復對吧？」

看到楓子點點頭後，春雪繼續說：

「既然這樣，那麼如果丟石頭就能了事，他應該就會這麼做。也就是說，我想至少必須是對戰虛擬角色的一部分進入兩百公尺圈內，梅丹佐才會發射雷射……」

「唔，原來如此啊……那麼從牠對入侵者有反應，到實際發射雷射，這中間的空檔大概有多久……？」

這次換黑雪公主提問，春雪再度在腦海中播放十天前的畫面。

「呃，金剛飛拳從首都高速公路上面飛越，接近中城大樓……然後就有個透明的東西在大樓屋頂動了，背上張開很大很大的翅膀，剛看到翅膀發出淡淡的光芒……雷射就發射出來了。從反應到發射……我想想，應該最久也只有兩秒鐘左右……」

「兩秒啊……這樣的話，實在很難在雷射發射之前就衝過兩百公尺的距離啊……」

聽黑雪公主這麼說，所有人都點了點頭。

如果只有春雪或楓子一個人，讓其中一個人當輔助推進器來全速飛行，也許並不是不可能搶先衝進大樓。但他們不知道中城大樓內部有著什麼事物等著他們，而加速研究室一向準備周到，不太可能只靠大樓外的梅丹佐來保護ＩＳＳ套件。既然可以預見即使順利入侵成功，接下來還會繼續發生戰鬥，那麼單獨突入反而危險。

如果是一陣子之前的春雪，多半在這種時候已經說出「不用擔心，我一個人可以搞定」這種無謀又愚蠢的話。然而經過這一個月來的大風大浪，春雪已經學到教訓。學到固然有時候非得獨自奮戰不可，但也有時候應該依靠同伴。

因此春雪往九個人圍成的圈子正中央踏上一步，以鎮定的聲音說：

「不用擔心……我會確實擋住梅丹佐的雷射，直到大家抵達高塔為止。」

聽到春雪這麼說，其餘八人好一會兒不做任何反應，就只是靜靜地看著他。

就在春雪即將開始擔心自己是不是說了什麼傻話時……

「就拜託你了，鴉鴉。」

謠發言過後，眾人也你一言我一語地大聲說：

「拜託你啦，小春！」「我們就靠你啦！」「我很期待你說。」「先講好，我相信你！」

「拜託了。」「就交給你囉，鴉同學。」

最後由黑雪公主深深點頭，說道：

「青龍那一仗剛結束，又要請你肩負重大的責任……但是Crow，我相信你的翅膀一定能夠為黑暗星雲，為整個加速世界開創出新的未來。請你幫助我們破壞ＩＳＳ套件本體，驅逐即將淹沒世界的黑暗……並拯救我們重要的朋友。」

春雪聽完這番話，毫不猶豫地回答：

「黑之王，我的力量本來就屬於妳。只要妳一聲令下，要我飛到天涯海角都行。」

「這樣啊。那……」

黑雪公主朝春雪踏上一步，筆直伸出右手劍。銳利的劍尖籠罩上柔和的過剩光……下一瞬間，劍刃無聲無息地分開，形成五根手指。除了春雪以外的每個人都看得倒抽一口氣，黑雪公主並不是下令，而是平靜地對他說：

「我們一起奮戰吧。」

「……好的！」

春雪點點頭，輕輕握住朝他伸出的這隻嬌弱的「手」。

記得她說過這種完全不具備攻擊力的心念應用法，最久也只曾維持到二十秒左右。但黑雪公主放開春雪的手之後，還依序和其他七個人一一握手。最後和楓子握完手後，緊接著發出鏗一聲尖銳的聲響，五根手指變回劍刃。以前她用完這招，手掌就會碎裂飛散，所以這表示她進步的不是只有持續時間。

與黑雪公主交情最久的晶、謠與楓子，多半都感慨萬千。黑雪公主回到原位後，仍然注視自己的手良久。仁子則代替說不出話來的黑暗星雲團員囂張地大喊：

「被Lotus來上這麼一手，我們可得好好振作才行啦！既然打的是公敵就不用客氣了！我們從一開始就全力用心念轟個痛快吧！」

眾人應和的聲音，讓一旁的泉水水面起了平緩的漣漪。

之後眾人花了大約一小時的時間進行簡報，對於入侵中城大樓的路線與隊形，更是連細節都仔細討論。

到了出發五分鐘前，春雪忽然想到一件事，再度走到屋頂的西端，凝神細看眼下的港區戰區俯瞰景觀。先前和黑雪公主一起坐在長椅時，都只顧著看中城大樓周圍，但他想起了還有一個地方的光景，他也應該牢牢烙印在腦海之中。

春雪平常完全不會去那個地方，所以對該處比澀谷還不熟，但他仍然在腦海中攤開東京的地圖，和黃昏空間下的地形重疊。

從東京鐵塔遺址南側橫貫而過的寬廣道路環狀三號線，道路另一頭是設有多國大使館的麻布，更南邊則是連春雪也知道是高級住宅區的港區白金。

當他朝有著許多小型——在這裡算小型，到了現實世界多半就是豪宅了——神殿遺跡密集的白金戰區細看，就看到中央有個相當大的空間，面積多半直逼東京鐵塔遺址東側的芝公園。這塊地上有著好幾棟大型神殿，空間仍然顯得寬裕。每一棟大型神殿都有著格外美麗的造型，在夕陽的照耀下反射出紅寶石色光輝，看上去不太像是遺跡，反而像是新蓋的神殿。

「一定……就是那裡……」

春雪喃喃自語，拚命凝神觀看，想把神殿群的模樣烙印在腦海中。

那個地方，多半就是黑雪公主在上車前說的那間從國小到大學包辦的一貫教育式女校，也就是白之團「震盪宇宙」的據點。

現階段，白之團是六大軍團中和他們最無緣的對手。領土戰是不用說，春雪甚至不記得他曾經在一般對戰中和白之團的團員打過。春雪唯一看過的白之團團員，就是代理白之王參加七王會議的「Ivory Tower」，而且對他的印象也相當淡。

但相信黑雪公主朝升上10級前進的路上，一定會遇到白之團的阻礙。因為白之王White Cosmos，就是設計當時還是小學生的黑雪公主消滅初代紅之王Red Rider的主謀，也是黑雪公主眼中最終極的敵人。新生黑暗星雲的人數才剛達到七個人，要與白之團比肩是還差得遠了，但相信與他們作戰的時刻一定會到來。

——到時候，我一定要對白之王說出這句話。

——我要問她，欺騙自己妹妹，弄哭她，把她逐出家門，是一個做姊姊的……做「上輩」

的人該做的事情嗎？

春雪心中下定這樣的決心，將震盪宇宙據點的光景烙印在腦海中。

接著猛然一轉身，正好就看到拓武在塔的北側朝他舉起手。

「喂～小春，差不多要出發囉！」

「不好意思，我馬上過去！」

當他舉步飛奔而出，意識已經再度切換到梅丹佐攻略作戰上。

5

東京中城是一處在距今正好四十年前的二〇〇七年開始營業的大型複合商業設施。

這個設施的用地，是由防衛廳移轉到市谷後留下的土地重新開發而成，總事業費約為三千七百億圓。用經濟規模持續縮小的二〇四七年眼光來看，可說是一個以民間事業而言大得難以想像的計畫——春雪以前在網路上查到的報導是這麼寫的。這項報導所言不虛，中城與就在不遠處的六本木山莊（據說總事業費是兩千七百億圓）並列為當今東京都心地帶最大規模的地標。

設施核心所在的中城大樓高二百四十八公尺。從開設至今已經過了四十年，日本各地蓋出了幾棟更高的大樓，但它那完全由鏡面玻璃覆蓋的英姿至今仍未褪色。低樓層有著銀行、醫院與會議廳等設施，中樓層是辦公樓層，高樓層則由超高級大飯店占據。

在一週前的星期天所召開的七王會議上，最主要的議題就是破壞ＩＳＳ套件本體，但當時除了一邊抵擋梅丹佐攻擊一邊攻進大樓的正攻法之外，還討論了出奇制勝的手法，也就是先在現實世界混進中城大樓之後再加速。

儘管要入侵辦公樓層是近乎不可能，但要進入低樓層的銀行等場所並不會受到限制。然而問題在於銀行內找不到可以安全連進無限制空間的地方。如果是進行最長也只會花上一點八秒的正常對戰，在銀行大廳也勉強可以，但沒有人知道在無限制空間的戰鬥要打到什麼時候才會結束。畢竟誰也無法預測從一樓攻進高樓層破壞套件本體，需要花上多少時間。如果作戰演變成要花上好幾天的長期抗戰，就會有將近十名的小孩占據銀行大廳的椅子進行五分鐘、甚至十分鐘的完全潛行，肯定會受到警衛指責。

到頭來，如果要採從現實世界的中城大樓內部加速來攻略的作戰，就必須從一開始就進入高樓層，迅速破壞套件本體。

如此一來，占據高樓層的超高級大飯店就成了新的問題。

聽說在神經連結裝置與公共攝影機普及以前，無論是多麼高級的大飯店，任何人都仍然可以自由地經過大廳上到客房樓層。然而到了安全概念有了大規模改變的現代，幾乎所有飯店都設有閘門，必須以神經連結裝置通過認證才能通行。

因此，要進入高樓層，就必須循正規管道入住飯店，但問題在於這些旅館的住房費用設定得極為尊榮，最便宜的房間也是每晚三萬圓起。連七王會議席上，都沒有人能輕易提供這樣的金額。如果各軍團向團員徵收團費，也許有辦法籌措出幾人份的住宿費用，然而一旦做出這樣的舉動，加速世界的軍團就會立即淪為現實世界的非法集團。即便成功破壞ＩＳＳ套件本體，相信加速世界也將面臨無可避免的質變。

考慮到以上種種，春雪等九人走在一條鋪設的大理石已經龜裂的道路上往西北方行進。之所以不動用仁子的貨櫃車，是為了避免行駛的聲響引來公敵或其他超頻連線者。

仁子與黑雪公主一起走在最前面，千百合與拓武一邊談話一邊跟上。並肩走在他們兩人後面的是晶與Pard小姐的「上下輩」搭檔，但這兩人似乎並不說話。春雪獨自一人跟在更後面遠了幾步的距離，謠與坐在輪椅上的楓子則殿後。

從東京鐵塔遺址到東京中城意外的近，只有一點二公里，即使慢慢走也花不到十五分鐘。再過幾分鐘，春雪所參加過的戰鬥中規模最大的一場就要展開，心情卻莫名地寧靜。

「……該做的事……」

他無意識地讓這幾個字以非常小的音量脫口而出，但走在前面的Aqua Current似乎聽見了這個聲音，放慢速度來到他身旁。

「你說了什麼嗎？」

「咦？這個……可倫姊，妳耳朵真靈……」

「水傳導聲音的速度比空氣快四倍。」

「原……原來如此……其實也沒什麼大不了的事情。我只是在告訴自己說，在今天這場大戰前，該做的事情都已經做了……」

「該做的事情……」

晶聽了後稍稍露出思索的模樣，有一句沒一句地說：

「說不定，我還有事情沒做。」

「咦……是該做的事情嗎？」

「對。雖然在大家加速之前，我就為了進入無限制空間而把等級升上4級，但我還沒選擇這些升級獎勵，而且只要動用剩下的點數，其實我還可以再升級。」

「咦！」

春雪短聲驚呼，但隨即想到是怎麼回事。晶——Aqua Current是加速世界中唯一從事保鏢行業的玩家，在長達兩年以上的時間裡，一直和低等級玩家組成搭檔作戰。結果她不斷地勝利，甚至贏得了「唯一的一（The One）」這樣的外號。而在過程中，她也得到了和委託人一樣多的點數。對手的等級愈高，勝利時就可以得到愈多的點數，所以晶累積的點數應該是相當多的。別說4級，要升上5級、6級，應該都沒有問題。

與立刻升到8級的Pard小姐相比，晶則還留在進入無限制空間所需的四級，可說是慎重得多。然而——

「可是，這也沒辦法。我第一次選升級獎勵的時候，也煩惱了好久……而且我後來也都是保留了相當大的安全空間，才會去升級。我覺得可倫姊的『該做的事』，應該好好花時間想清楚再做。要想清楚妳想怎麼去培養……不，應該說怎麼重新培養妳的對戰虛擬角色。」

他話一說完，這次換晶微微驚訝地閃動淡藍色鏡頭眼。但她的這種表情立刻消失，隔著水膜仍然可以看見面罩上流露出平靜的微笑。

「……真不敢相信護衛差點掉光點數的你，是短短八個月前的事情。」

「咦？這是什麼意思？」

「意思是說你成長了。證明你該做的事情都有好好去做了。不管是在加速世界還是在現實世界。」

這讓春雪不由自主地用漏氣的聲音回了聲：「啊是喔？」接著才趕緊客氣起來。

「我……我自己是完全不覺得有成長到啦……不過，今天的這兩場作戰，我都絕對不想留下遺憾。所以我就邊走邊想，想說有沒有剩下什麼該做的事、該想清楚的事。」

「這樣啊…………」

晶再度自省地低下頭，低聲說：

「……我果然有剩下事情還沒做。是一件在作戰前該做的事……不，是該說的話。」

春雪一瞬間心跳加快，但所幸——也不知道算不算幸運，晶的視線不是投向她左邊的春雪，而是走在前面的Pard小姐。

「Leopard。」

在她的呼喚下，豹頭虛擬角色的三角形耳朵先靈敏地動了動，接著放慢腳步來到春雪左側。春雪莫名地被她們兩人夾在中間，不由得縮起脖子，晶從他頭上對自己的「下輩」訴說：

「Leopard……喵喵，我非得跟妳道歉才行。」

「…………」

這句話有些唐突，但只是這麼一句話，Pard小姐似乎就聽懂了她想說的話，並不反問。然而她卻又不做出任何反應，仍然面向前方默默行走。

晶也跟著將視線轉往前方，隔了一會兒後再度出聲：

「那個時候的事情，很對不起。是我錯了。」

這次Pard小姐仍然什麼也不回答，只以完全不發出聲響的無聲步行，維持在春雪左邊五十公分的相對位置。春雪漸漸承受不住緊繃的氣氛，正想悄悄退到後面之際——

「NP。」

Pard小姐輕聲說了一句話，讓春雪正準備鬆一口氣，但一聽到她緊接著說出的話，喉頭立刻被虛擬的空氣哽住。

「……才怪。我，當時，非常，有夠生氣，極度生氣。」

急性子星人Pard小姐說話一向追求簡潔，卻會用上整整三個同性質的形容詞，相信她一定是真心生氣了。晶以前到底想對她的「下輩」Pard小姐做什麼？

春雪上半身完全定格，雙腳動得十分生硬，晶簡短地對他說明：

「我，在前陣子，打算消除Leopard的記憶。」

「咦…………」

春雪震驚得絆了一跤，Pard小姐迅速抓住他的左手拉住他。但春雪沒有心思去意識到這點，只能默默注視晶的臉。籠罩住面罩的水流產生搖動，再度發出聲音：

「我的角色被困在禁城，不再進行『護衛』以外的對戰後，仍然偶爾會和Leopard在現實中見面，說話。因為我希望她不要就此不升級。就算是為了『上輩』，為了其他軍團團員而不去提升可以升的等級，相信日珥的團員看了都不是滋味，而且也說不定會有人覬覦她累積的龐大點數而展開物理攻擊（PK）……可是，不管我說幾次，喵喵就是不聽。」

晶短短地嘆了一口氣，水膜內側產生小小的泡沫。Pard小姐仍然握住春雪的手不放，看到這種情形，低聲說道：

「要對抗青龍的等級吸收，就必須累積大量的超頻點數。告訴我這件事的人，就是晶，妳自己。」

「我不知道後悔了多少次，覺得不該告訴妳。」

兩人的對話就此中斷，於是春雪戰戰兢兢地問：

「……所以，妳才想從Pard小姐腦中，消除跟青龍有關的記憶……？」

「不完全對。我的『記憶滴落(Memory Leak)』沒有那麼好用。昨天領土戰前我也稍微說明過，我能夠消除的，就只有和我自己有關的記憶。」

「咦……那……那可倫姊想消除的……是妳……」

春雪茫然說到這裡，左手突然傳來一股強大的壓力。低頭一看，是Pard小姐的右手——雖然至少並未伸出鉤爪——用力握住春雪上臂薄弱的裝甲。在這個感覺的觸發下，十幾個小時前的記憶從腦海中甦醒。那是Aqua Current與Blood Leopard剛從青龍祭壇生還之後，一段短短的對話。

——就是知道會這樣……我才要妳忘了我。

——要我忘記「上輩」是強人所難。

「原來……那是說真的啊……」

春雪輕聲這麼問，晶微微點頭回答：

「我在喵喵的房間裡，想趁她不防，強迫她跟我來一場直連對戰。可是，就只差這麼一點點……」

說著她用手比出大約三公分的距離。

「……被她掙脫了。」

聽晶這麼說，春雪心想這也難怪。現實中的冰見晶多半和春雪同學年，相較之下，他還不知道本名（想來名字的讀音多半與「喵」字接近）的Pard小姐則和楓子一樣是高中一年級生。除了身高差距，Pard小姐能夠將大型電動機車駕馭自如，相信力氣也相當強，要按住她進行直連應該相當困難。

但反過來說，晶就是不惜做出這樣的事情，也想將自己從Pard小姐心中消除。為了盡「上輩」的本分，保護「下輩」——

「晶的心情，我也不是不懂。」

Pard小姐微微放鬆右手的力道，平靜地說了。

「我生氣是因為晶以為我忘得了妳。不管妳對我做什麼，我都不可能忘了妳。晶不止在加速世界，在現實世界裡也是我重要的……」

Pard小姐並未說完，慢慢放開春雪的左手。晶再度對她道歉。

「對不起。我，以為是我把喵喵都拖進了封印狀態。可是，我錯了。即使虛擬角色受困，我還是一步一步在往前走……而且妳也是一樣。不是只有升級才是變強的手段，我明明應該比誰都更清楚這一點。」

「就是啊，可倫。」

聽到這句話，春雪震驚地抬頭一看，發現不知不覺間黑雪公主的身影已經來到身前。她一邊以浮游方式前進，一邊只把上身轉過來。

不止黑雪公主，本以為隔了一段距離而專心聊著自己話題的千百合、拓武、楓子、謠，甚至連仁子，也都移動到了圍住春雪他們的位置。看樣子她們這段對話所有人都聽到了。

黑雪公主對晶點點頭，說了下去：

「我也整整有兩年之久，都切斷與全球網路的連線，把自己關在小小的殼裡。可是……最近我開始覺得就連那段時間，都不是白費。過去與現在，以及未來應該是相連的。就是已經逝去的所有時間，創造出了『現在』，創造出和妳一起走在這裡的『現在』……」

黑之王說完，又換靈活跟在她的紅之王對晶說：

「還有啊，Current，日珥（我們軍團）那些人，才沒有對Pard不升級這件事覺得不是滋味。當然除了我以外，誰也不知道詳細情形，可是大家還是理解她，支持她，能夠體諒Pard是為了一個很重要的人在努力。而且真要說起來，我和Pard現在跟黑暗星雲並肩作戰，看在外人眼裡，根本就是背叛我們的軍團。可是我相信。我相信等一切結束，把事情原委跟大家說清楚，我們的三十二名團員都能夠諒解。」

仁子說完轉過身去，晶仍然默默不語。

忽然間，她抬頭望向染成橘紅色的天空。全身的水流照出永恆的晚霞，顯得燦爛奪目。

「……有過去，才有現在……」

這句話就像小溪的潺潺聲一樣輕，卻深深透進春雪以及在場每個人的心裡。

「是現在相連而創造出未來……我，說不定就是因為得到了能夠稍微干涉『過去』的能力，才會疏遠了『現在』和『未來』……也許我都忘了……忘了只要接受過去，現在就會顯得這麼耀眼……」

不知不覺間，所有人都停下腳步，站在寬廣的道路正中央仰望天空。

春雪不由自主地把自己代入晶的這番話。對春雪來說，過去就像是由痛苦、難受的記憶所形成的地層。如果可以，他只想忘個乾淨。這個地層不管從哪裡挖起，挖出的盡是一些不堪回首的情景。

但相信即使是這樣的地層之中，一定也埋藏了許多小小的，燦爛的碎片。

例如在梅鄉國中校內網路的虛擬壁球區現身的黑雪公主。

和千百合與拓武一起玩得滿身泥巴的兒童公園。

還有跟爸媽手牽著手，走在傍晚高圓寺的那段好遙遠好遙遠的回憶——

BRAIN BURST程式能將「現在」拉長一千倍，這也許是一種逃避的行為。從艱辛的現實中逃避，和懷抱同種痛苦的伙伴一起療傷的避難所，這或許就是加速世界本質的一部分。

但絕對不是全部。在擴大的「現在」當中，既有著過去，也包含了未來。既可以從放大到一千倍的過去中找到重要的寶石，也能夠讓遲早將會來臨的未來顯得亮麗一千倍。加速世界就是這樣的地方。

「……我們來串起這一切吧。」

楓子從春雪背後，以春天微風般的嗓音輕聲說出這句話。

「把過去，連往未來。為此……我們要在當下全力奮戰。」

她以強而有力的右手，指向西北方的天空。

她所指的方向上，有著貫穿傍晚天空的巨大黑色輪廓，是他們接近到只距離五百公尺遠的中城大樓。大樓牆面上有成排的大理石圓柱，柱頭有著莊嚴神聖中又透著幾分可怖的石像。即使仔細觀察塔頂，仍然什麼都看不見，但他們確切感覺到有某種事物正從遙遠高處睥睨凡塵。

就在春雪承受不住這無形的壓力，正要縮回右腳時……

黑雪公主也和楓子一樣，舉起右手，將銳利的劍尖指向塔頂。

仁子也不認輸地握起小小的拳頭舉起，晶與Pard小姐也依樣畫葫蘆。謠與千百合也立刻應和。

拓武舉起右手的打樁機，最後春雪卯足所有鬥志以右手指向中城大樓的屋頂。

他們九人的姿勢當然並不具備任何攻擊力，但春雪確實看到了。看到九根手指發出的意志力融合在一起，化為一道無色透明的光束穿透了空間，射到遙遠的塔頂，更看到有個巨大的輪廓在塔頂蠢動。

「看樣子宣戰是傳達到了。」

黑雪公主剽悍地撂下這句話，右手劍往正下方揮下。

當所有人都放下手，漆黑的虛擬角色就轉過身來說道：

「那我們再一次確認整個作戰。根據春雪從Iron Pound口中得知的情報，梅丹佐的攻性化範圍（Aggro Range）是半徑兩百公尺。但如果逼得太接近界線，反而被對方先發制人，那就得不償失，所以待命位置就設定在距離大樓兩百五十公尺的地點。」

黑雪公主彎下腰，以劍尖在白色的石子上劃出小小的正方形，又在小正方形的外側劃出另一個更大的方形。

「小的方形是中城大樓，大的是東京中城的整個腹地。腹地的北半部是公園，一路去到大樓幾乎都沒有任何障礙物，所以我們就從北邊衝過去。首先由Silver Crow從待命地點先行前進，在梅丹佐起了反應的地點停止。兩秒後梅丹佐就會發射雷射，確定能以『光學傳導』特殊能力抵禦住之後就往前進，其他八個人也跟在後面。估計在第二發雷射發射前，應該就可以抵達大樓。但如果來不及，就再度由Crow走在最前面，停下來抵禦雷射，基本方針就是這樣。」

儘管在東京鐵塔遺址的塔頂就已經聽過作戰內容，但春雪仍然再次體認到他被賦予的職責之重。

一定要反射梅丹佐的雷射，這份決心並未動搖，但如果……萬一抵擋住第一發的雷射，第二發卻擋不住，那麼不只是春雪，連八個同伴也全都會在梅丹佐的領域深處當場斃命，而且剛復活就會再度受到雷射攻擊而死，難保不會因此陷入無限ＥＫ狀態。無論如何，他都萬萬不能讓這樣的事態發生。

「……從那邊的路口往右彎過去，就是我們待命地點的公園。首先我們就先查看那一帶有沒有其他公敵……」

春雪一邊聽著黑雪公主的指示，一邊用左手指尖劃過右手的金屬裝甲。從他的手腕到手肘，有著以前並不存在的溝。這是隨著「光學傳導」特殊技能覺醒而出現的導光棒。比起背上的銀翼是不怎麼起眼，卻是一種全新的能力確切存在的證明。

……就靠你囉。請你保護大家……還有綸同學。

春雪在心中對小小的零件輕聲細語，接著用力握緊右拳。

從第一次連線進來，內部時間過了約十五小時後——

黑暗星雲的七個人與日珥的兩個人，站上了最終任務「大天使梅丹佐攻略作戰」的開始地點，也就是東京中城北方開闊的「中城花園」界線上。

公園內完全沒有建築物存在，與矗立在兩百五十公尺外的巨塔之間，只有一片綠油油的草原。之後只要按照會議中討論出來的隊形，朝巨塔前進就行——

春雪是這麼想的，然而……

「……那個，是什麼……？」

寬廣的公園一映入眼簾，千百合就看呆了似的喃喃說出這句話。其餘八個人也在入口的大理石拱門下看得呆了。

草原的北側，距離梅丹佐攻擊範圍約三十公尺的地方，存在著一個奇妙的物體。是個巨大的橢圓形物件，但又不是正橢圓形，下半部比較渾圓，上半部比較窄。高度有六、七公尺，直徑大概也有四公尺左右。

「……那什麼玩意……看起來又不像公敵……」

仁子瞇起鏡頭眼這麼說。Scarlet Rain有著一種叫做「視覺擴張（Vision Extension）」的特殊能力，能夠「看」到各種一般人看不到的資訊。然而連春雪也看得出這個聳立的橢圓體並不是公敵，因為不管他怎麼注視，就是沒有體力計量表顯示出來。

「是把現實世界公園中的裝置藝術重現出來……嗎？」

拓武這麼一說，春雪就覺得似乎頗有道理，但這個意見也被楓子否決了。

「不，據我所知，這個地方沒有這樣的物件。而且如果是在黃昏屬性下重現出來的物件，材質應該會變成白色大理石。」

「的確。那個球體，或者應該說蛋，該用什麼顏色來形容？總覺得有點黑、有點綠，又有點咖啡色……」

黑雪公主說得沒錯，在火紅的夕陽下，對橢圓體的顏色唯一能做的形容就是深色。但春雪覺得比起顏色，「蛋」這個字眼更加刺激到了他的一部分記憶。他總覺得以前似乎也曾經在加速世界裡看過一個物體，然後覺得「就像蛋一樣」。

「小春。」

就在這時，不知不覺來到身旁的千百合小聲說：

「我……總覺得好像看過類似的東西……」

「咦？妳也是？」

「你會這麼說，就是也看過了？」

兩人對看一眼，把頭歪向同一個方向，接著同時「啊！」了一聲。他們並未注意到黑雪公主等人訝異地看了過來，再度注視那有點偏黑的物件。

他們的確看過一個非常相似的物體，而且就在短短四天前，和千百合一起為了尋求學會「理論鏡面（Theoretical Mirror）」特殊能力的線索而前往的無限制中立空間。可是當時他們看到的不是物件——不是「東西」。既不是公敵，也不是強化外裝，而是和春雪他們一樣，是超頻連線者。

「可……可是小百，他……沒那麼大……」

就在春雪以沙啞的聲音脫口說出這句話的那一剎那。

巨大橢圓體的側面，也就是並未被夕陽照到的漆黑部分產生了紅光。那不是反射夕陽而成的紅光，而是一種更深、更濃密，有如鮮血般的紅色。

紅光閃動了兩三次。春雪一看到這種生物般的動態，立刻直覺到紅光的來源是眼睛。是一種有著深紅眼球外型的強化外裝。

ＩＳＳ套件。

「那……是敵人！」

就在春雪忘我地一喊，所有人應聲做好戰鬥準備的同時……

橢圓體動了。就像一隻從漫長的冬眠中醒來的巨獸，緩慢地抖動身體幾次，同時以沉重的動作站起。原來埋進草叢下方的蛋體下方，有著短短的腳。

「敵人？是公敵嗎！」

黑雪公主驚問，春雪迅速搖頭回答：

「不是，是超頻連線者！」

「可……可是，那種大小……」

也難怪她會有這種疑問。蛋形虛擬角色站起之後，身高多半比架設好所有強化外裝的紅之王更高。而且春雪四天前看到的「他」，儘管身軀以對戰虛擬角色來說算是相當高大，但並未大得這麼超脫常理。他為何會巨大化到原來的三倍大，又為何會在此時此地出現，這些春雪都不清楚。但有一件事春雪可以確定，那就是他是ＩＳＳ套件使用者，同時也是——

「他是Magenta Scissor的同夥。」

千百合說出春雪的心思，讓所有人的緊張情緒一口氣高漲，尤其拓武的反應更是顯著。他尖銳地深吸一口氣，高高舉起右手的打樁機。

「那我們就先發制人……！」

眼看拓武就想衝上前去，春雪趕緊制止。

「慢著阿拓，物理攻擊對那傢伙完全不管用！記得他的弱點是火焰，還有，呃……」

「冰凍後加上打擊！」

千百合立刻大喊，但他們九人之中並沒有人能使用冰凍攻擊。相對的，有兩名超頻連線者擅長火焰攻擊。

「交給我！」

「就是這樣！」

仁子與謠上到最前排，擺好架式。仁子的拳頭籠罩住火紅的過剩光，謠的長弓搭上了熊熊燃燒的火焰箭。黑雪公主朝著兩人嬌小卻可靠的背影，尖銳地下令：

「儘可能瞄準ＩＳＳ套件！要小心對方的心念攻擊反擊！——發射！」

轟然的響聲震動空氣，以火焰形成的拳頭與箭矢發射出去。這些攻擊威力極大，如果是中等級以下的超頻連線者，甚至可能當場就被轟得不留痕跡。蛋形虛擬角色的動作十分緩慢，無論防禦或閃避都來不及。眼看兩道火焰朝著附著在軀幹前方的ＩＳＳ套件直逼而去——

咕啪。

一聲悶響之中，蛋體水平裂開。四天前，試圖吞下軍團「Petit Paquet」團長Chocolat Puppeteer的巨「嘴」張得大大的。嘴的內側看不到牙齒或舌頭，只充滿了黏膩的黑暗。

這團黑暗之中，突然有五、六發漆黑的能量塊體同時發射出來。這些塊體與兩發火焰彈正面衝突，隨即在空中膨脹。春雪本以為會發生大爆炸，實際上卻非如此。翻騰的火紅與漆黑互相抵銷彼此的威力，轉眼間就變得愈來愈小。

也就是說，從蛋形虛擬角色口中發射出來的是虛無屬性的攻擊。而且既然能夠抵銷仁子的「輻射拳」，更可以肯定是心念攻擊。春雪只知道一種攻擊符合這些條件。那是ＩＳＳ套件賦予裝備者的兩種攻擊之一——「黑暗氣彈」，但這種攻擊本來應該只能從左右手發出。

「為什麼……是從嘴……？」

就在發出驚呼的春雪眼前，又發生更令人震驚的現象。

巨大蛋形虛擬角色張到高兩公尺、寬四公尺的大嘴之中接連跳出了人影，數目有五個、十個……不，還要更多。這些大小與形狀各不相同的輪廓，不可能是戰鬥用的人偶。

「Rain、Maiden，退下！」

遠戰型的仁子與謠在黑雪公主的指揮下後退。春雪與拓武為了護住她們而踏上一步，但思考跟不上現實，做不出更進一步的判斷。

春雪愕然地凝視著這些在蛋形虛擬角色前方排成一橫排的超頻連線者。第十三名虛擬角色高高跳起，在空中做出翻筋斗的動作落到草地上，蛋體才總算閉上了嘴。接著巨大的蛋彷彿吐光了裡面的東西迅速地縮小。

蛋形虛擬角色變回春雪記憶中二點五公尺的尺寸後，收縮就此停止。看那短短的手腳、又圓又小的眼睛，無疑就是「Avocado Avoider」。

而率領著這群總計共有十四人的超頻連線者集團，站在最前面的纖瘦女性型虛擬角色不是別人，正是在四天前和春雪與千百合展開激戰，並在後來讓ＩＳＳ套件寄生在Ash Roller身上的「Magenta Scissor」。

Magenta的模樣像是用暗紅色的繃帶纏住全身，全身只露出嘴巴，而她的嘴露出嫣然的微笑，像是要對眾人打招呼似的，將交叉在胸前的雙手往左右張開。接著她胸部的繃帶裝甲也在這個動作中解開，露出附著在胸口的ＩＳＳ套件。並排站在她背後的所有人，包括Avocado在內，每個人的身上也都有著血紅色的眼球發出昏暗的光芒。

由Magenta領頭的十四個人，與春雪等九個人，隔著十公尺左右的距離對峙。一個低語的聲音，打破了這陣劍拔弩張的寂靜。

「你們是……怎麼……」

說話的人是舉起右手強化外裝，絲毫不敢鬆懈的拓武。這句話同時也替春雪說出了心中的疑問。

對方到底是怎麼能夠埋伏他們？

Magenta昨天才親自襲擊Ash Roller，所以也許能夠預料到春雪等人會為了拯救Ash而在今天試圖破壞ＩＳＳ套件本體，但絕對不可能算出精確的時間。而這裡是時間流動加快一千倍的無限制中立空間，即使他們是從現實時間的上午十點才開始埋伏，算來也已經在內部過了長達三個月以上的時間。

留在一個地方持續警戒四周這麼久，等到目標出現時，應該都會心力交瘁，根本無法發揮實力戰鬥。也就是說，要在無限制空間設下埋伏，事實上就是不可能的。根據春雪所知，唯一能夠做到這點的，就只有唯一的「減速能力者」——加速研究社副社長Black Vise。

春雪一瞬間想到會不會又是他在背後穿針引線……如果是Black Vise，確實有辦法從上午就先潛伏到中城大樓周邊，等發現目標再回到現實世界告知Magenta。然而以這個情形來看，考慮到在現實世界耽擱的時間，Magenta等人登場的時機一定比他們九個人要慢，然而當他們實際抵達公園時，卻已經看到Avocado Avoider的身影，顯然有所矛盾。而且Black Vise這幫加速研究社的人，多半認為中城大樓外的防衛只要交給梅丹佐就夠，怎麼想都不覺得他會為了不是同夥的Magenta這麼費心。

春雪在一次呼吸的時間內想到這裡，但就是想不通Magenta Scissor是用什麼樣的手段埋伏成功。Magenta對擺著架式絞盡腦汁的春雪露出淺淺的微笑，終於開口說道：

「午安，Silver Crow。好久不見，Cyan Pile，很高興又見到你了。」

「……我倒是不想再見到妳。」

拓武以生硬的聲調回應。他於本月中旬在世田谷戰區和Magenta接觸，從她手中得到ＩＳＳ套件的封印卡。拓武當初是為了收集情報而取得套件，後來卻因情勢所迫而不得不裝備上去，差點被拖進心念的黑暗面。

Magenta仍然在嘴唇上露出冰冷的笑容，輕輕聳了聳造型尖銳的肩膀。

「你可真冷淡。我可是非常期待跟你重逢呢。」

「既然這樣，那就請妳告訴我，你們是怎麼能夠在這裡埋伏的。」

拓武的說法很牽強，這「既然」根本就說不通，但Magenta儘管將微笑轉為苦笑，卻還是很乾脆地點了點頭。

「也好。而且我違背了跟Crow之間的約定，也該向他道歉。」

「約定……？」

春雪先複誦了一次，這才總算想起。

四天前，在世田谷戰區交戰時，春雪確實和Magenta有過約定。當時他說：「那我們就來比賽，看是你先達成目的，還是我們先破壞ＩＳＳ套件的本體」。Magenta今天是直接來妨礙春雪等人試圖破壞套件本體的行動，也的確可以說成是違背了約定。然而這樣說來，Magenta的行動就更令他費解了。

春雪一邊聽著千百合在背後和黑雪公主等人解釋情形，一邊問出心中湧起的疑問：

「可是，Magenta，如果不是因為妳昨天強行讓ＩＳＳ套件寄生在Ash Roller身上，我們也不會這麼急著來破壞套件本體。這是為什麼……？妳為什麼會盯上Ash兄？」

「很遺憾，這個問題我沒有辦法回答，我也是有很多事情要顧的……至於你們問的第一個問題，答案很簡單……要在無限制空間埋伏會有困難，不就是因為忍耐不了長達幾天、甚至幾個月的時間嗎？那麼你不覺得只要不去感覺這漫長的時間，要等多久都不是問題嗎？」

「不去……感覺時間……？」

的確，時間是非常主觀的。快樂的時間過得快，痛苦的時間過得慢。然而埋伏不可能快樂。埋伏時必須隨時保持警戒，留意敵人會在何時、哪裡出現，就這麼一直等待，這樣的時間反而應該會令人覺得無比漫長吧？

即使聽到這番像是提示的話，春雪仍只覺得更加深了疑問，但這時春雪背後傳來一個平靜的說話聲音。

「這樣啊……祕密就藏在妳背後的蛋形對戰虛擬角色身上吧？我看你們之所以待在他嘴

裡，並不是只為了躲藏吧？」

黑雪公主指出這一點，Magenta就傲然點點頭，以右手指向後方。

「好眼光。可是，他不是蛋，是Avocado（酪梨）。他這孩子不太擅長說話，所以由我來介紹。他是Avocado Avoider，以後還請多多關照。」

或許是因為被叫到名字，座鎮在最後面的濃綠色虛擬角色身體微微一動。儘管他比剛才小得多，但在場的二十三個人之中，他無疑是最高大的一個。

Magenta收回右手扠腰而立，繼續說：

「『Avoider』是閃避（Avoid）者的意思，但含意其實不止這樣。本來這個單字的意思……是將事物化為虛無（Void）。」

「……虛無？」

「對。Avocado的嘴裡，除了虛無以外什麼都沒有。因為沒有空間，要吞下多少人都行……因為沒有時間，進入裡面的時候，感覺不到外面的時間。只是話說回來，一旦被吞進去，虛擬身體就會慢慢被虛無溶解，所以也得想辦法抵擋虛無的侵蝕就是了。」

春雪花了兩秒鐘左右，才解釋清楚Magenta的話。當他總算能夠想像那是什麼情形的瞬間，立刻發出驚呼：

「咦咦……那也就是說，在無限制空間裡，進到Avocado兄的嘴裡，他立刻張開嘴讓你們出來，實際上卻已經過了非常漫長的時間……大概就像這樣……？」

「就是這樣，Crow。我的主觀感覺，是覺得才剛進Avocado的嘴裡沒多久。順便告訴你，我們是從現實時間的上午九點開始在這裡埋伏，不知道現在幾點了？」

「……十二點半左右。」

「三個半小時啊？也就是說，在這個世界已經過了將近五個月囉？一般情形下應該早就等得受不了，連說話的力氣都沒有了，可是總之我們就是這麼回事，所以請你們不用擔心。」

Magenta露出滿面微笑——

這時有個低沉，卻蘊含了強烈熱量的聲音射向她。

「Magenta Scissor，妳話裡有欺瞞。」

是仁子。春雪朝後一瞥，看到紅之王站在黑之王身旁，讓她一對大大的鏡頭眼露出銳利的光芒瞪著Magenta。

「哎呀，說我欺瞞是怎麼回事呀……？」

「妳別裝傻了，妳應該已經知道我在說什麼。雖然我不知道妳說的虛無是怎樣，而你們十三個跑進Avocado Avoider嘴裡的人，多半真的感覺不到時間。可是啊……Avocado Avoider自己呢？他豈不是獨自一人，在這個公園裡整整等了五個月？妳知道那有多麼難受嗎？」

這高熱火焰似的指責，終於讓笑容從Magenta嘴角淡去，消失。

回答仁子這番話的不是Magenta，而是站在後方的Avoider自己。

「我……沒關係……！」

Avocado閃爍著小小又渾圓的眼睛，大聲呼喊：

「我，一直，在睡……！所以，沒關係……！」

他巨大的嘴下面寄生著ＩＳＳ套件，但看樣子Avocado儘管不到Magenta那種程度，卻也還保有著一定程度的自我意識。相對的，排在Avocado前面的十二個人則清一色默默不語，鏡頭眼也失去了光輝。現在回想起來，四天前Avocado要吃掉Chocolat Puppeteer時，就一直說：「喜歡，巧克力。」

Magenta揮動右手，制止還想呼喊的大型虛擬角色。她朝仁子輕輕一鞠躬，開口說道：

「幸會，紅之王。雖然我沒料到妳和『血腥小貓（Bloody Kitty）』會跟他們攪和在一起，但還是很高興能見到妳……妳說得不錯，我的確逼Avocado承擔艱苦的工作。至少我自己應該要陪他一起度過這段太漫長的埋伏時間，可是我沒有。但是我不這麼做，並不是因為嫌麻煩……既然要對上黑之王，我就希望能以萬全的狀況迎戰。就只是這樣。」

聽到她這麼說，黑雪公主以刀鋒般的聲音回答：

「妳交給Crow的ＩＳＳ套件封印卡，果然就是對我下的戰書啊，Magenta Scissor。」

「說來就是這麼回事。雖然比我原來的計畫提早了相當多……可是再要求更多就是奢求了。畢竟我已經成功地把現在的所有戰力集結到了這個不會有人來礙事，而且連時間限制都沒有的最棒舞台。只要能和黑之王打一場全面戰爭，無論什麼樣的非難我都甘之如飴。」

「……我倒覺得我跟妳應該是第一次見面，妳為什麼這麼想跟我打？」

對於黑雪公主的這個問題，Magenta並不立刻回答。

她以細長的指尖，摸了摸佩帶在腰間兩側的單刃短劍。嘴唇在遮住大半張臉的繃帶裝甲下短暫地緊抿。

過了一會兒後她發出的嗓音，比春雪聽Magenta Scissor說過的每一句話都更加鋒銳，也更加冰冷。

「那是因為，妳創生時就得到了莫大的資產啊，Black Lotus。」

「哦？例如說什麼資產？」

「我想應該多得數不完……不過大概可以歸納成『力量』和『意志』吧？當妳成為超頻連線者，來到加速世界時，就已經具備了壓倒性的戰鬥力與堅定的意志力。妳的外形就證明了這一點。」

Magenta無聲地舉起右手，指尖指向黑雪公主。

「同等級同潛力原則？哼哼，可笑。其實啊，每個人心中應該都認同，都認為有些超頻連線者從一開始就很強，也有些人不是這樣。」

——不要強詞奪理！

春雪很想這麼喊出來。所謂的「潛力（Potential）」指的並不是只有特殊能力或必殺技的性能。即使剛降生到加速世界時，沒有什麼像樣的必殺技或強化外裝，只要相信自己的心塑造出來的分身，不屈不撓地將手伸向天空，總有一天對戰虛擬角色會讓玩家付出的努力得到收穫。春雪就是在這樣的信念支持下，一直奮戰到今天。

但四天前聽Magenta說過的話，卻也同時在耳邊清清楚楚地響起。她說Avocado Avoider才剛創生出來就被「上輩」放棄，還被包括上輩在內的軍團團員搶奪點數。在即將扣光點數之際，蒙Magenta送他ＩＳＳ套件，讓他對他的上輩那夥人迎頭痛擊，反而搶光了他們的點數。Avocado就沒能得到這「總有一天」。要不是Magenta插手，他肯定會被搶光點數，被永久逐出加速世界，就只為了沒有強大的能力或帥氣的外表這樣的理由。拯救了Avocado的不是同等級同潛力的原則，而是ＩＳＳ套件。

正當春雪咬緊牙關，什麼話都說不出來，黑雪公主已經穿過春雪與拓武之間上前，以鎮定的聲音回答：

「妳的主張我會記住。可是，這和我的外形有什麼關係？」

她的反應冷淡，讓Magenta再度露出淺笑。

「……對戰虛擬角色，是拿精神創傷當模子塑造出來的，這件事誰都知道吧？若說創傷，也就是『缺損』的形式與大小，會反映在虛擬角色上……雖然這只是我個人的意見，但我認為一個虛擬角色的對稱性愈高，超頻連線者本身就愈不需要別人。」

「對稱性……？妳指的是左右形狀相同的那回事？」

「也算是。不管是左右，前後，上下都行。所謂的對稱(Symmetry)，說穿了就是不變，就是本身已經完整。妳在學校也學過吧？分子的對稱性愈高，就愈是穩定……不容易毀壞或與其他分子結合。」

……學校教過這個嗎？

儘管處在這樣的狀況下，春雪仍然不由自主地擔心起學業，忍不住對站在左後方的Pard小姐問了：

「……是……是這樣嗎？」

而他得到的回答……

「等作戰結束，去搜尋『苯』、『共振穩定』。」

就是這麼一句話。至少這些用語聽起來不像是國中二年級會學到的，於是春雪點頭回答：

「好……好的」轉身回向前方。同時黑雪公主也微微做出像是聳肩的動作，說道：

「我倒是覺得把分子的對稱性套用到對戰虛擬角色，不免有點牽強啊。而且如果要說我的虛擬角色是左右對稱，妳和妳的同夥不也是一樣嗎？」

「乍看之下也許一樣吧。可是啊，黑之王，妳的外形當中，藏著幾乎所有虛擬角色都沒有的完美對稱性。」

Magenta說出這句神祕的話，隨即以強而有力的動作舉起右手，將纖細的手指大大張開來。春雪對這個手勢的含意一時之間意會不過來，仔細端詳Magenta的手。她的手指數目和春雪以及絕大多數的對戰虛擬角色一樣是五根，分布也很正常，怎麼想都不覺得有需要特地秀出來……

想到這裡的瞬間，春雪才總算懂了。

對戰虛擬角色，不，應該說人類的手本身並非左右對稱。食指和小指的長度就完全不一樣，而且也完全沒有和拇指對稱的手指。然而在場的人當中，就只有唯一一個人，唯獨黑之王，有著左右與前後都對稱的手。那就是能夠將碰觸到的一切事物都斬斷的雙刃劍。

黑雪公主多半在Magenta張開手時，就已經意會到她想說的話。Magenta正視保持沈默的黑之王，以更加銳利的嗓音說下去：

「我們的手不對稱，只有和別人的手牽在一起的時候，才會變成對稱。可是Black Lotus，妳的手不一樣。妳的兩把劍，每一把本身就有著完美的對稱性。妳不需要任何人。因為妳與生俱來，就擁有了所需要的一切。」

「強……強詞奪理……！」

春雪實在忍耐不住，放粗了嗓子大吼：

「只看虛擬角色的外形，哪有辦法連這種事都知道！而且之前妳不是才說過『討厭成對』嗎！這跟妳剛剛的說法根本互相矛盾！」

「哎呀，小弟弟，你記得不太對喔。」

Magenta將放下的右手掌一翻。

「我討厭的是『湊成對』。而且我也不是因為黑之王體現出了最極致的對稱性，才想跟她打。我看她不順眼，是因為她明明有著只靠自己就能闖蕩下去的實力，卻還收了『下輩』，組織『軍團』，玩起扮家家酒的上下輩跟朋友關係。我無論如何就是無法容許黑之團這種『被選上來和邪惡作戰的騎士』模樣。」

她聲調壓抑，話鋒卻像深深插進肉裡的厚實刀刃。春雪太過憤慨，只覺得視野都有點泛白。不只是拓武和千百合，至今都默默聽著他們談話的楓子等人，也散發出了一種像是透明火焰的鬥氣。

然而即使聽她說成這樣，黑雪公主仍然不動聲色，淡淡地回答：

「原來如此啊，我總算能夠理解妳想說什麼了，Magenta Scissor。對於想透過ＩＳＳ套件來讓加速世界均一化的妳來說，所謂菁英集團就是最大的敵人。可是啊……ＩＳＳ套件這種東西，就只是為了打造出一個……」

她說到這裡就停住，輕輕搖了搖頭。

黑雪公主忍住不說的話，內容多半是「就只是為了打造出一個最極致的狂戰士」。讓大量的負面心念累積在套件本體，灌進高階的強化外裝，讓「災禍之鎧MarkⅡ」誕生。這是Aqua Current三天前造訪有田家時提出的假設。說來的確很符合加速研究社的作風，但很遺憾的是沒有任何證據可以證明。即使現在說出來，她也不認為能夠說服Magenta。

黑雪公主不提這件事，始終以平淡的聲調說下去：

「……不，事到如今，不該再提套件的事，畢竟我們來到這裡，就是為了強行破壞套件。而且，儘管妳把我們說成菁英集團的說法我也難以接受……但事情都演變成這樣，什麼樣的反駁都不會再有意義。剩下的就用拳頭來談吧，看看我們的力量，是不是全都屬於系統從一開始就賦予我們的。」

黑之王的話宛如百鍊的精鋼，光潤之中蘊含著強韌的芯鐵。Magenta正面接下她的挑戰，點點頭說：

「也對。我想說的話也差不多都說了……不過最後我要再說一件事。如果這一戰由你們獲勝，我們十四個人隨你們處置。即使你們一殺再殺，把我們的點數扣光，我們也不會怨恨。可是，如果贏的是我們……黑之王，我要妳答應我，今後妳將不再對ＩＳＳ套件出手。好好看著這個世界會怎麼改變。」

「……難得成功做出困難的伏擊，妳卻只要求這點條件？我倒是覺得只要在無限制空間打贏，要把我們的點數打光，或是逼我們一一裝上ＩＳＳ套件，應該都不是不可能啊。」

「沒關係。反正你們有『時鐘魔女(Watch Witch)』在，即使套件寄生了也會被卸下，再說要打光兩個王的點數，那可不知道得花上多少時間。何況……我，希望你們看著。我希望你們見證當所有虛擬角色的能力平均化，搭檔與軍團都不再有意義的世界。看看那個生來就在力量與外形上吃虧的超頻連線者，不再因為這種理由受到排擠的全新加速世界！」

Magenta高聲說完的瞬間，靜靜並排站在她背後的一群對戰虛擬角色，都不約而同地讓鏡頭眼發出紅色的光芒，彷彿與Magenta Scissor那太過激進的思想產生了強烈的共鳴。

Magenta這十三名部下，包括Avocado在內，多半都是以世田谷戰區或大田戰區為據點的超頻連線者。相信其中也有人像軍團「Petit Paquet」中曾被收編的那兩人一樣，是被迫讓套件寄生在自己身上。然而考慮到從套件出現以來已經過了兩週以上，每天晚上都在進行「平行處理」，相信這群人如今已然完全在Magenta堅定的意志下團結一致，個別說服的手段已經不會再有意義。

「……好，我就答應妳。如果我們打輸了這一仗，黑暗星雲在妳達成目的之前都不會再出手干涉。只是話說回來，即便除了我們以外的所有超頻連線者，都成了ＩＳＳ套件使用者，我們也不會放棄抗戰。」

黑雪公主的宣言，讓Magenta滿意地微笑著回答：

「這才是黑之王的本色。那，我們也差不多該開打了吧？不好意思，我可不接受一一派代表單挑的比賽形式，因為我對這種扮家家酒的戰爭沒有興趣。」

「我當然也沒做那種打算。既然你們會用ＩＳＳ套件……會動用負面心念，想也知道一定會演變成沒有規則可言的廝殺。而且不管誰輸誰贏，你們都會體認到一件事，那就是完全不加以限制的心念有多麼可怕、悽慘而空虛……體認到我們從很久很久以前就一直隱匿心念系統的理由。」

黑雪公主做出這番宣告時，聲調始終平靜，甚至令人覺得悲戚。但同時又有一層淡淡的藍紫色過剩光微微搖曳，籠罩住漆黑的虛擬角色，顯現出黑雪公主堅定的鬥志。

黑之王上身微微一斜，對身邊的成員輕聲說道：

「Rain、Raker，還有各位。雖然我對Magenta那麼說，但威力強大的心念攻擊會引來大型公敵，前期我們要克制，等到機會來了再一口氣殲滅。對付超頻連線者，也許多少會被吸進洞裡……但這些就等一切都結束之後再來處理。」

「喔喔。」「了解。」

仁子與楓子答應，其餘六人也點了點頭。就在即將進入應戰態勢之際，站在黑雪公主另一頭的拓武，以蘊含堅定決心的聲音說：

「軍團長，Magenta Scissor可以先交給我對付嗎？畢竟她跟黑暗星雲會有瓜葛，就是我造成的。」

「……也好。可是你可別太深入敵陣。我想各位都沒忘記，這裡離梅丹佐的攻擊範圍非常近。一旦太靠近大樓，就會被牠從上空以雷射攻擊。戰場界線……」

黑雪公主一邊說，一邊以視線指向一條東西向橫貫草原的大理石小路。距離梅丹佐攻性化範圍的兩百公尺半徑圈約有二十公尺。

「就設定在那條路吧。請大家無論發生什麼事，都要小心別超過那條路。」

所有人再度深深點頭。

南邊十公尺外，Magenta也同樣在對自己人下達指示。這時她轉過身來，同時解開了掛在腰間兩側的小劍。

「Pile，我想你應該還記得啦……」

春雪輕聲一說，拓武立刻回答：

「她的劍會合體變成剪刀，對吧？不用擔心，我想好了對策。Crow，Bell就麻煩你……」

這次換春雪立刻點頭回答：

「包在我身上，我會保護好她。」

換做是平常，這樣的場面會讓千百合鼓起臉頰喊說：「又把我當花瓶！」但這次她則什麼都不說，挪到春雪身後。在這個戰場上，恐怕就只有千百合一個人不會用心念系統。而她是寶貴的回復師（Healer），所有攻擊她的心念攻擊，都必須由春雪擋住。

以黑之王為首的九個人，與以Magenta Scissor為首的十四個人，發出鏗鏘一聲，同時擺出架式。

黃昏屬性下乾澀的空氣立刻變得愈來愈劍拔弩張。春雪處在這陣幾乎讓金屬裝甲帶電的緊張感之中，意識的角落忽然想到一個念頭。

如果這是一般的團體戰，應該會在開戰前注意觀察敵方團隊每一個人，從虛擬角色的顏色與形狀來推測他們的能力。然而以這場戰鬥來說，這樣的觀察幾乎完全沒有意義，因為除了Magenta以外的每一個敵人，應該都只會用來自ＩＳＳ套件的心念攻擊「黑暗擊」與「黑暗氣彈」攻擊。儘管這十三人的體格、形狀與裝甲顏色都不相同，但這些因素已經體現不出他們身為超頻連線者的個性。

……Magenta Scissor。

……這種樣子，真的就是妳要的加速世界？

在春雪腦中迸開的這個念頭，彷彿點燃了戰場上壓縮到極限的空氣——

二十三名對戰虛擬角色一起動了。

6

先發制人的是Magenta軍。

排成一列的十二個人以完美同調的動作伸出右手，最後面的Avocado Avoider則慢了半拍後擺出同樣的架式。附著在每個人胸口的眼球型強化外裝發出渾濁的血紅色閃光。

「「「黑暗氣彈。」」」

這是一次喊得節拍分毫不差——儘管這次仍然唯有Avocado慢了半拍——卻又充滿刺耳不協和音的招式名稱發聲。黑而濁的鬥氣在十三人的手掌上翻騰、凝聚，隨即在沉重的振動聲響中，迸射出一道道漆黑的光束。

春雪在這兩週的戰鬥中，已經看過或挨過這種攻擊多次，但終究不曾被這麼多發集中砲火攻擊過。這種虛無能量的非實體彈，有著只要一發打個正著，就可能讓人當場斃命的威力，卻還每四、五發匯集成一束，形成三把巨大的長槍飛來。

最先有反應的，是座鎮在Lotus軍九個人正中央的楓子。

「『漩渦風路（Swirl Sway）』！」

她仍然坐在輪椅上，右手掌往前舉起，產生一陣綠色的旋風。風從春雪與黑雪公主之間穿出，轉眼間就膨脹到可以稱為橫向龍捲風的規模，幾乎完全遮住了密集站在一起的九個人。

緊接著，三根巨槍碰上了龍捲風的前端。槍發出異樣的共鳴聲響，被拖進龍捲風之中，將綠色的螺旋染得又黑又濁。

校慶進行到一半，楓子與受到ＩＳＳ套件支配的Ash Roller那輛機車打時，就曾經以這一招同時彈開兩發黑暗氣彈。然而這次的威力是當時的六倍以上，楓子支撐龍捲風的右手開始抖動，嘴唇呼出微微的氣息。

一陣像是彈動巨大彈簧似的衝擊中，一把巨槍被龍捲風彈開，穿刺在右後方遠處的建築物上，開出一個大洞。接著又有一把槍往正上方飛去，消失在晚霞滿天的遠方。

但最後一把槍卻彷彿有生命似的抗拒離心力，一寸寸朝龍捲風的源頭逼近。萬一被這把槍穿透，相信楓子整條右手都會被卸下來。春雪無意識地伸出右手五指，準備擺出「雷射劍(Laser Sword)」的架式，但要是貿然出手，反而會削弱龍捲風的旋勁。就在他猶豫的當下，漆黑的長槍仍在漸漸前進——

「『激渦流(Maelstrom)』。」

就是在這個時候，傳來了一個平靜的說話聲音。冰見晶——Aqua Current筆直伸出的左手，產生出一道藍色的漩渦。與楓子的招式十分相似，但形成漩渦的不是風，而是水。飛散的每一顆水珠都散發出淡淡的藍色光芒，證明這是心念的力量。

藍色龍捲風從綠色龍捲風的右側靠近、接觸，瞬間融合在一起。

一陣劇烈的風暴肆虐，春雪被吹得人往後仰。擴大成兩倍的龍捲風濺出無數水滴，打在裝甲表面上都隱隱生疼。一旦被吞進龍捲風內部，相信體力計量表轉眼之間就會被雨滴削減一大段。

龍捲風除了原有的旋風之外，還得到了漩渦的力量，立刻將漆黑的長槍往回推，讓長槍幾乎調轉一百八十度之後解放出去。融合過的黑暗氣彈發出呼嘯聲，往原來的方向飛回去。儘管並未正中Magenta軍，仍然插在離他們頗近的草原上燃起黑色的火柱，打亂了敵軍的隊形。

「就是現在！」

黑雪公主尖銳地呼喊。

「Pile、Leopard，跟我一起衝鋒！Rain、Maiden用火力掩護我們！Raker、Current負責防禦，Bell負責回復，Crow保護Bell！——我們上！」

「好的！」「K。」

拓武與Pard小姐跟著黑雪公主殺進敵陣，仁子拿起手槍「和平製造機」，謠舉起長弓「火焰呼喚者」，楓子與晶準備因應下一波黑暗氣彈攻擊。

至於春雪——他先看了千百合的臉一眼。結果這個黃綠色的魔女型虛擬角色歪了歪尖帽這麼說道：

「嘻，嘻嘻……Crow，就麻煩你護衛啦。」

「好，包在我身上！」

春雪喊得大聲，但坦白說他覺得坐立難安。他知道保護敵軍沒有的回復術師（Healer）有多重要，但不能跟黑雪公主一起衝鋒陷陣，還是令他很不是滋味。

千百合似乎看穿了春雪的心思，注視著前線小聲問說：

「……Crow，我是不是最好也練一練心念系統？」

「咦……」

一聽到這句話，春雪浮躁的心情迅速鎮定下來。他一邊防備下一波攻擊，一邊迅速地搖頭說：

「不用，這沒什麼好急的。其實如果可以不用，還是別用最好。現在是因為ＩＳＳ套件，讓人受到心念攻擊的情形變多。但只要破壞了本體，這種狀況應該也會平息，到時候妳再慢慢考慮就好了。」

春雪輕聲說完這番話，回答他的卻不是千百合，而是楓子。

「鴉同學，你真的長進好多呢。」

「咦？哪裡，也沒有……」

「等這些事都結束，回到現實世界，大姊姊會好好摸摸你的頭。所以，你現在要做好自己的工作喔。」

看樣子連想跟去衝鋒陷陣的心思都被看穿，讓春雪縮起脖子喊說：「遵命！」緊接著……

敵陣中傳來拓武的吼聲。

「喔喔喔喔喔…………──『蒼刃劍（Cyan Blade）』！」

Cyan Pile發出春雪久未聽見的招式名稱，同時裝備在右手的打樁機發出閃光分離。只剩下左手握住的鐵樁，而這根鐵樁瞬間化為一把大型的雙手劍。刀身上籠罩著藍色火焰般的過剩光，顯示這是以心念創造出來的劍。

拓武用雙手重新握好劍，猛然舉到中段，他前方的Magenta Scissor則已經舉起雙手小劍在胸前交錯。兩把劍發出尖銳的金屬聲響後接合，化為一把巨大的剪刀，而且與之前她和春雪打時不一樣的是，整把剪刀都籠罩在黑暗鬥氣之中。

「小心啊，阿拓……！」

春雪明知拓武聽不到，但還是忍不住輕聲呼喊。

Magenta的剪刀有著「遠距裁切（Remote Cut）」的特殊能力。每次合上剪刀，都會有隱形的切斷力捕捉到遠處的目標加以切斷。要閃躲這種眼睛看不到的攻擊，唯一的方法就是從剪刀的延長線上大動作跳開，但是一旦她以剪刀連續變向剪動，很快就會被追上。

春雪當初就無法獨自攻破遠距裁切這一招，還是因為得到Chocolat Puppeteer創造出來的巧克力人偶幫助，才總算勉強衝到Magenta身前近身搏鬥。但現在Chocolat不在場，而且黑雪公主與Pard小姐也都在同時對付好幾名ＩＳＳ套件使用者，看樣子空不出手來支援拓武。仁子與謠接連發射槍彈與火焰箭，但有一半以上都被「黑暗擊」攔截，未能減少敵人的數量。

「Bell，我一下指令，就麻煩妳幫Pile回復。」

「了解。」

就在千百合聽春雪說完而點頭的下一瞬間……

Magenta那籠罩在黑暗鬥氣之中的剪刀開始閃動。剪刀的開閉速度非常猛烈，每秒將近五次。金屬聲響連成一氣直逼而去，將拓武全身籠罩在橘色的火花當中。

春雪反射性地就要叫Bell治療，卻硬生生把聲音吞回去。仔細一看，幾乎所有切斷攻擊都被心念劍格開。Magenta一邊上下左右挪動，一邊開閉剪刀，但拓武精確地用劍刃跟上她的準星，持續不讓虛擬角色本身被剪個正著。

但這樣下去情形只會惡化，不會好轉。Magenta的剪刀不是槍械，理論上可以持續進行無限次的攻擊。相對的拓武不可能永遠格擋下去，非得找機會轉守為攻不可，但又找不到機會舉劍攻擊。只要劍刃一瞬間從中線偏開，難保不會下一瞬間就身首分家。

——憑我的「雷射長槍（Laser Lance）」，可以逼Magenta露出空檔。

春雪剎那間浮現這樣的念頭，又隨即揮開。

畢竟他發射心念攻擊的空檔，也許就會有敵人攻擊千百合，而且更重要的是拓武明知「遠距裁切」的可怕，卻還主動要求和Magenta對峙。既然如此，相信他一定有方法可以從這個狀況下轉守為攻…………

「…………！」

春雪在視野的角落，捕捉到黑色鬥氣集中的現象，雙手擺出架式的同時大喊：

「黑暗氣彈，要來了！」

緊接著，敵方右翼的六個人同時發射出漆黑的光束。這次的攻擊並不融合，每個人都分別瞄準不同的目標。

楓子與晶迅速舉起手，產生綠色與青色的龍捲風，以便抵擋瞄準她們和仁子、謠的心念彈。春雪也讓銀色的過剩光籠罩在雙手上，凝視朝著他與千百合飛來的黑暗塊體。

「『雷射（Laser）』……」

他以右手劍把第一發彈向上空。

「『劍（Sword）』！」

再用左手劍把第二發撥打到地上。

春雪盡到了職責，再度將視線拉回Magenta對拓武的戰場上，卻不由得全身一僵。

籠罩在拓武「蒼刃劍（Cyan Blade）」上的鬥氣頻頻閃爍，彷彿隨時都會消失。仔細一看，大型的刀身上有著無數的傷痕，這樣下去多半遲早會碎裂。

仔細想想，拓武是靠劍刃本身，一再格擋Magenta的剪刀所發出的無形裁切力，無法完全擋住的小小損傷，自然會累積在劍刃上。「只靠防禦絕對無法取勝」是BRAIN BURST，不，應該說是所有對戰格鬥遊戲的大前提。而Magenta的剪刀就強行製造出這樣的狀況，確實是一把遠比春雪想像中更可怕的武器。

一聲清脆的聲響中，雙手劍多了一塊特別大的缺損。

Magenta Scissor得意地一笑，剪刀固定好方向，就更加劇烈地連續開閉。看樣子她不再試圖去剪虛擬角色本體，而是想先破壞劍。雙手劍就像碰上砂輪機似的噴出耀眼的火花，缺損的情形迅速加劇。

——會斷……！

就在春雪咬緊牙關的那一剎那。

巨大的藍色身軀以不像大型虛擬角色該有的速度猛然前衝，同時以滿是缺損的劍刃格擋隱形的刀刃，一瞬間就衝過了他與對手之間原本有五公尺以上的距離……

鏗一聲強烈的金屬聲響中，剪刀停止開閉。拓武的劍挺進了兩片剪刀刀刃之間。

到了這個時候，春雪才總算明白拓武的策略。

他一直在等Magenta開始針對劍攻擊的這一瞬間。一旦她固定準星，拓武只要挺劍前進，就能拉近距離。接著再讓劍刃卡進真正的剪刀之中，「遠距裁切」就再也無法發動。

當然這一來拓武的劍也會被纏住，但身為劍道選手的他，知道如何從這種刀刃交擊的狀況下搶攻。

「喔……喔喔！」

拓武在咆哮聲中再踏上一步，握著劍柄不放的雙拳從剪刀下方穿出，猛力打在Magenta的胸口——打在寄生在這個部位的深紅眼球上。

ISS套件儘管並未粉碎，但挨到重量級虛擬角色卯足全力的一擊，仍然噴出黑色的電光，上下眼瞼緊閉起來。損傷似乎還逆流到了Magenta本人身上，只見她那裹在紅紫色繃帶中的身體產生痙攣，猛力弓起。握住剪刀的雙手握力微微放鬆，拓武更不錯過這一瞬間，用力將劍往上一挺。

Magenta Scissor名稱由來的大剪刀從主人手上脫手，高高飛起。拓武在這場戰鬥中首次將劍舉到大上段姿勢，發出勢如破竹的喊聲。

「喝啊啊啊啊啊！」

來自正上方的神速一斬，追過了下墜的剪刀——

黑色的凶器從正中央一刀兩斷，緊接著化為無數碎片飛散。

——漂亮！阿拓！

春雪在心中全力為他喝采。

被剪得破破爛爛卻仍然持續體現心念劍的精神力、在只挨打不還手的狀況下一心一意等待機會反敗為勝的忍耐力，以及從膠著狀態一口氣扭轉局勢的爆發力。春雪感覺到拓武展現出來的素質，每一樣都凌駕在自己之上，但歡喜的心情卻遠比不甘心要來得多。

他毫不鬆懈地觀察敵陣，正要為好友的表現握拳慶賀之際——

「……危險！」

千百合在身後大喊。

春雪一瞬間還以為是自己疏忽的敵人，正準備朝他們發射黑暗氣彈，但他猜錯了。千百合是在對拓武示警。眼看Magenta Scissor在他身前往後倒，尚未從ＩＳＳ套件被重擊的傷害中恢復，右手卻已經籠罩在黑色的鬥氣之中。

緊接著拓武也注意到了這點，又要再舉起劍，但他慢了那麼一點。不經任何前兆，Magenta的右手就迸出了漆黑的光束。

「嗚……」

拓武停止攻擊，迴劍試圖格擋。儘管勉強隔開了軌道，但仍有虛無的細小能量流掠過他的頭盔側面，灑出了像是鮮血的粒子。

但受創更嚴重的是蒼刃劍。從極近距離擋住黑暗氣彈，更讓劍刃嚴重缺損，過剩光幾乎完全消失。拓武放棄反擊，往後方跳開。同時Magenta也趁機站起，左手護著胸前的眼球，右手持續瞄準Cyan Pile。

「她……不喊招式名稱就發出黑暗氣彈……」

春雪低聲驚呼。在四天前對上時，Magenta scissor應該還需要喊出招式名稱，才能發動心念攻擊。也就是說，短短幾天之內，她的招式就有了進步。

春雪佩服之餘，仍然不由得喃喃問道：

「…………到底是為什麼……」

為什麼有著這樣的上進心——有著追求更高境界的熱忱，她卻非得將這樣的熱忱灌注在ISS套件的散播上不可？為什麼她就非得犧牲自己的一切，去實現那種讓所有對戰虛擬角色擁有同樣招式，讓所有個性色彩都失去意義的世界不可？

Magenta正與拓武對峙，當然不會回答春雪的疑問。她迅速揮動左手，指揮同伴。與衝進他們前線的Black Lotus、Blood Leopard交戰的七個人，以及對春雪等人進行遠距離攻擊的六個人，都移動到公園東側，和與拓武拉開距離的Magenta會合，組成密集隊形。

以Avocado為中心的後排，以及與Magenta為中心的前排，排成整整齊齊的兩列橫隊，搭配上裝在每個人胸前的ISS套件所發出的紅色光輝，醞釀出一個彷彿合體成一個超大型對戰虛擬角色般的魄力。

但放眼望向每一個虛擬角色，就發現只有Magenta一人尚未受傷。其餘十三人都被黑雪公主的劍、Pard小姐的爪與牙、仁子的槍彈或謠的火焰箭打得渾身是傷。尤其Avocado更因為挺身擋住仁子與謠的遠程攻擊，軟體裝甲上滿是彈痕與焦黑的痕跡。

黑雪公主並不窮追收攏的敵軍，先回到春雪等人那兒，以冷靜的聲調下達指示：

「除了Magenta以外，我們已經把他們每個人的體力計量表都打到只剩一半了。我們也以密集隊形迎擊敵軍的衝鋒，所有人發動心念攻擊，一口氣殲滅他們。」

「……遵命！」

春雪在微微的戰慄中點了點頭。

黑雪公主與Pard小姐並不是攻不破敵軍左翼。她們一邊閃躲從前後左右打出的必殺攻擊「黑暗擊」，一邊特意不讓傷害集中在任何一人身上，平均地削減敵軍的體力。相信仁子和謠也都在做一樣的事，而且她們四個人為了盡可能減少引來公敵的危險，完全不使用任何心念攻擊。

能實現這樣的戰法，固然是因為包括兩個王在內的四個高等級玩家實力非凡，但同時也是因為敵軍的攻擊方式太單調。無論每一招的威力多麼強大，既然明知敵人只會使出同一種攻擊，對應起來也就容易得多。就連終於剛脫離新手領域的春雪，如今也幾乎百分之百能夠格開單發的黑暗氣彈了。

——Magenta Scissor，妳追求的新世界，戰鬥打起來也許公平。

——可是，那大概已經不是「對戰」了。

春雪用雙拳捏碎這剎那間浮現的念頭，擺好戰鬥架式。

三十公尺外，Magenta軍的十四個人也都將右拳舉到面前。

敵人應該也知道黑暗氣彈的齊射會被楓子與晶的龍捲風完全防禦住，所以多半不會再有遠程砲火打來。相信最後他們一定會放棄玩花樣，用全軍衝鋒的方式一決勝負。

地平線上流過的雲層，掠過黃昏空間中巨大的夕陽，讓世界微微罩上陰影。

幾秒鐘後，火紅的半逆光從雲層縫隙間灑落到戰場上。

雙方都被灑下的光觸發，同時有了動作。Magenta軍維持兩列橫隊隊形，踏出地鳴聲音衝鋒；Lotus軍則以黑雪公主為中心，排成鶴翼陣迎擊。十四個拳頭籠罩著黑暗鬥氣，除了Lime Bell以外的八個人則迸發出色彩各異的過剩光。局地裡全力發動的心念系統，讓空氣竄出藍色的電光——

然而……

兩軍最大也是最後一次的硬碰硬，卻在最後關頭被迫中斷。

因為大地突然劇烈震動。一陣幾乎撕開天地似的轟然巨響之中，地面產生強烈的縱向搖動，從腳下直往上推，春雪反射性地張開翅膀，扶穩右邊黑雪公主與左邊拓武的手臂。Magenta軍也因正在衝鋒而深受其害，整群人跌成一團。春雪甚至沒有心思想到這是絕佳的攻擊機會，啞口無言地環顧四周。

黃昏空間裡並不存在地震這樣的地形特效。也就是說，這次震動發生的原因，並不在於空間屬性。但是不管怎麼想，也不覺得這是對戰虛擬角色的特殊能力。無論是多麼大型的虛擬角色，都不可能以這樣的規模撼動無法破壞的對戰空間地面。

那麼唯一剩下的可能性就是公敵，但無論西邊、北邊、冬邊、南邊，都只有一望無際的草原與白堊色的神殿……

「…………啊…………啊…………」

注意到「那個東西」的瞬間，春雪的喉嚨不由自主發出沙啞的驚呼。

牠在。

就在聳立於戰場南側的中城大樓前方。平緩的山丘上，有著一個物體存在。那是個幾乎完全透明，像山丘一樣巨大的物體。

春雪甚至無法意識到震動已經停止，只顧著注視這個物體。

山丘上竄出放射狀的裂痕，破壞力甚至傳到牠後方的大樓牆上。相信幾秒鐘前那突如其來的大地震，震央就在那個地方。

然而，那真的是地震嗎？會不會震央其實並非在地下，而是在上方……來自空中……？

也就是說，這突如其來的地震，會不會是……有巨大的物體……例如超大型公敵，從中城大樓的屋頂跳下來，所造成的衝擊波……？

當他想到這裡，山丘上的物體慢慢地動了。火紅陽光的折射下照出的輪廓，逐漸往左右伸展開來，就像翅膀一樣。

這個像人又像鳥的奇怪輪廓，春雪並不陌生。無疑就是十天前，他在六本木山莊大樓屋頂所看到的形體。

那個物體，是神獸級公敵——大天使梅丹佐。

「……學姊。」

春雪從幾乎哽住的喉頭，擠出小小的聲音。

「梅丹佐，下到地上了。」

「什麼………」

黑雪公主的左手在春雪的右手中深深顫動。楓子、晶與仁子等人，也都默默注視南方的山丘。Magenta慢了半拍後，似乎注意到了Lotus軍情形有異，手還撐在地面上就回過頭去，而她也同樣當場僵住。

寂靜中一個隱形的巨大身軀，從山丘上輕飄飄地飛起。春雪在徹底麻痺的意識角落這麼祈

求，但異形的大天使卻彷彿在嘲笑他的祈求，慢慢地、慢慢地靠近。由於形體太大，讓人掌握不清楚距離感。只見兩片透明的翅膀逐漸遮住整個天空……

「———所有人，後退！」

黑雪公主擺脫僵硬的狀態，以沙啞的聲音大喊。

春雪放開雙手，轉過身去，和同伴們一起開始奔跑。三步、四步，跑到第五步，地面再度震動，因為梅丹佐著地了。衝擊波比起上次要小得多，但威力仍然足以絆倒所有人。春雪倒到地上，隔著肩膀回頭看去，看到距離不到一百公尺處的草地，被壓扁了一大片。就在他與梅丹佐的中間點上，可以看到Magenta等人還呆呆站著不動。

緊接著，梅丹佐透明的雙翼發出淡淡的光芒。

是雷射。

來不及了。

要是在這個時候挨個正著……

所有的念頭摻雜在一起，在春雪腦海中爆出火花，推動了虛擬的身體。不是朝後，而是向前。

「大家快跑！」

春雪大喊一聲，飛了出去。他一邊在幾乎貼到地面的高度飛行，一邊將雙手在身前交叉。

下臂裝甲唰的一聲張開，從內部彈出透明的導光棒。

他沒有時間去想著地的地點，為何是在Magenta等人的身邊。

梅丹佐圓形的頭部正中央亮起十字光芒——

體現上帝旨意的激光無聲無息地灑下，將視野染成全白。無論是黃昏空間的晚霞，還是似乎微微聽見的喊聲，全都在強光的洪流中消散。

什麼也看不見。

什麼也感覺不到。

相信一定是整個虛擬角色都被蒸發了。

想也知道不可能辦到。梅丹佐的雷射連綠之王都只能抵擋住五秒，想也知道不可能靠臨陣磨槍的特殊能力反射回去。

而且春雪所學會的，並不是對光學武器有著絕對抗性的「理論鏡面」(Theoretical Mirror)，而是連有多少效果都不確定的「光學傳導」(Optical Conduction)。但他卻認定這種剛學會的招式對梅丹佐會管用，把軍團團員拖進這場無謀的作戰。明明誓言要保護大家，卻連一秒都承受不住。純白的光不止蒸發了虛擬角色，彷彿連靈魂都燒得乾乾淨淨，將他的存在完全消滅……說不定自己會就此消失，再也去不了任何地方………

──不對。

純白的世界中有個角落，看得見一個東西。

這個東西有著綠寶石般的綠色，又像刀劍一樣細長──是體力計量表。

無限制中立空間裡，不會顯示其他人的計量表。也就是說，那是春雪的……是Silver Crow的計量表。儘管已經被削減了將近三成，但仍然確切地存在於視野左上方。

自己還活著。

一認知到這一點的瞬間，所有的感覺都恢復了。

光。熱。巨響。壓力。雙手的導光棒發出強烈的光芒，將規模大得無與倫比的能量洪流往上下左右撕開。削減春雪體力計量表的，不是雷射本身，而是燒得火紅的地面。部分折射開來的雷射將四周的草原化為一片火海，連站在草原上的Crow也從腳底到膝下都被烤得變成紅色。

春雪瞥見這樣的光景後，才慢半拍地意識到高達正規對戰場地兩倍的劇痛，但他咬緊牙關硬忍。只要姿勢稍一歪斜，就會承受不住壓力而被推倒，整個人當場被蒸發。

「嗚……嗚……！」

春雪喉頭發出悶哼，雙腳拚命踏穩。他不知道雷射攻擊最久可以持續幾秒，但無論如何，都絕對要撐到最後。自己再也不會去想負面的念頭，不會死心地說自己辦不到。他要保護，保護這群因為相信他而一起來到這個戰場上的伙伴，保護在現實世界中承受痛苦的日下部綸，也要保護在加速世界認識的第一個朋友Ash Roller。

但他的雙腳開始微微滑動，彷彿在嘲笑他的這份決心。

不只是草，連地面都開始在高熱中融化。只要動用翅膀，要逃開火焰多半不是問題，但恐怕在離地的瞬間就會失去平衡，當場被雷射吞沒。他只能繼續忍耐。就看是梅丹佐的攻擊先結束，還是他的雙腳先失去抓地力而倒下。

雙腳再度往後一滑。雷射攻擊應該已經持續了超過五秒，但絲毫沒有要停止的跡象。抵擋愈久，地面就融化得愈厲害，慢慢奪去他的體力計量表與抓地力。腳底的接地感已經幾乎完全喪失。

春雪拚命地想維持姿勢，但站在這灘愈來愈大的岩漿中，身體也慢慢往後傾斜。春雪卯足全部力量與平衡感，抵抗強光的壓力。他不能在這裡倒下。

「唔……喔喔……！」

他再度發出喊聲，從意識的每一個角落擠出力量，又抵擋了一秒。然而無論他如何燃燒意志力，藉以發力的地面仍然不停融化，燒得火紅的雙腳已經無異於漂在黏液之中，虛擬身體也更加傾斜。被他用雙手反射開來的雷射彷彿得意了起來，勢頭變得更加猛烈。

——不行了嗎？

——不對，再擋一秒。

——至少，要撐到大家……跑到……安全範圍……！

春雪不是死心，而是做出覺悟。就在這一瞬間。

有人伸手從後用力撐住他的雙肩。

——是阿拓？小百？還是，黑雪公主學姊……？

他剎那間的念頭，被耳邊短短的說話聲否決。

「我頂住你，你專心反射！」

這個有點沙啞的嗓音……

是一直到前不久還在跟他們死戰的Magenta Scissor。

儘管是無意識中做出的選擇，但春雪確實在Magenta等人所在的位置著地，擋住了雷射。之後已經過了將近十秒，照理說Magenta他們應該可以跑到相當遠的距離外，為什麼卻會出現在他身後？而她又為什麼幫助春雪？

但現在他沒有心情去想這些疑問了。從Magenta的聲調中，聽得出她在忍痛。她的腳也同樣泡在岩漿裡，相信沒有辦法支撐太久。

「……拜託妳了！」

春雪簡短地回應，背靠在Magenta身上，並在姿勢穩定下來的同時，將精神集中在交差的雙手上。

Silver Crow的「光學傳導」特殊能力，是一種透過雙手上的導光棒來改變光學攻擊方向的能力。防禦力當然比不上Mirror Masker那種將全身化為鏡子，反射所有方向光線的能力，但是卻具備了唯一一種「理論鏡面」所沒有的效果。那就是他可以對雷射反射的方向做出一定程度的調整。

現在他是將極大口徑的雷射擴散成凸透鏡狀，因此有三成以上的能量都射在地上，製造出岩漿。只要能讓反射的方向更加收斂，折射到空中，地面應該就不會繼續融化。

不是要當一堵只會拒絕光的牆壁。

而是要成為接受光、引導光、解放光的通道，這就是春雪找到的答案。這是春雪在仁子、謠、黑雪公主、Wolfram Cerberus，以及同班同學井關玲那的教導下，找到的一種專屬於春雪自己的「鏡子的境界」。

——我要相信。相信大家，相信我自己，相信Silver Crow。

春雪放鬆了用力握緊的拳頭。光束壓力更增，讓他連著Magenta一起往後滑了幾公分。但春雪相信撐住他雙肩的手上所傳來的力量，繼續靠著她手上。仔細想想，Magenta的聲調中所蘊含的痛苦，不可能只是來自燒灼她雙腳的火焰。而是因為她正在抗拒寄生在胸口的ＩＳＳ套件所發出的命令。

春雪放鬆拳頭後，手指伸得筆直。填滿導光棒的光沿著手背，一路傳到中指指尖。接著他慢慢移動交叉成Ｘ字形的雙手，換成縱向的等號。

先前化為數百條細流往上下左右肆虐的光流慢慢開始匯集。他將收斂成十條的光又進一步匯集成四條、兩條——最後收攏為一條，射向空中。

如今梅丹佐發出的光之巨槍，被春雪的雙手將軌道折偏九十度，射向遙遠的上空。射線上的雲被穿出一個大洞，將傍晚的天空照得一片白。

對，就是這樣。

忽然間，春雪覺得腦海中聽到一個說話的聲音。聽來像是女性，但不是Magenta的嗓音。聽起來又帶著一點點稚氣，但不是仁子，也不是謠。是一個冷靜、無機質，不太像人類的聲音。

你就這樣繼續轉動角度，讓光反射回去。

——妳不要強人所難！

春雪反射性地在腦海中反駁。

——梅丹佐的超雷射，光是要偏折九十度，就已經有夠辛苦的啦！我要就這樣擋著，等牠能量用完！

沒那麼快用完。因為那對翅膀就是在聚集太陽光。而且那道光的名稱不叫做「超雷射」，你應該稱之為「三聖頌」。

——妳怎麼會知道這種事？而且……妳又是怎麼，跟我說話……

沒時間在意這些小事了。快點讓這道光完全反射回去，除此之外你只有死路一條。

——哪有這麼簡單！我早就卯足全力啦！

春雪將這個念頭砸向神祕的說話聲，但如果那個聲音說得不錯，就表示梅丹佐只要有陽光照著，就可以一直補充能量。儘管已經讓先前加熱地面的雷射偏往上空，但腳邊的岩漿依然炙熱，持續減損著春雪與Magenta的體力計量表。

——非做，不可啊……！

雖然沒有根據相信那個神祕的聲音，但春雪決定聽從直覺，再度將所有感覺集中在雙手。之前他將手背朝外，彎成類似拳擊擋板的形狀，現在則試著將雙手微微往前伸直。這個動作微微改變了往上空延伸的光柱微微改變了角度，但同時全身都受到極為劇烈的壓力擠壓。春雪不由得心想要繼續增加反射角度絕對辦不到，接著才想起一件事。直到剛才，自己不是才誓言至少在這場戰鬥中絕對不放棄嗎？

「嗚……嗚…………！」

他小聲悶哼，又將手伸直一些。雷射的反射角度超過一百度，虛擬身體不規則震動。在Crow背後撐住他的Magenta應該也承受了更大的壓力，但抓住他雙肩的手絲毫不晃動。

春雪將巨大的光柱——那個神祕的聲音說是「三聖頌」——一度一度慢慢往前扳，承受的壓力也等比例地無限上升，讓Crow的關節噴出鮮血般的火花。Magenta難受地呼氣，兩人的身體一寸寸地後退。

但這時他又聽見了另一個嗓音。

「嗚……嗚啊……啊——！」

那是個不構成言語的粗野吼聲。一陣沉重的震動傳到身上的同時，兩人也不再後退。從春雪的角度看不見，但多半是Avocado Avoider用他巨大的身軀支撐住了Magenta。

然而身披軟質裝甲的Avocado很怕火。周圍的地形仍然火紅焦爛。要是他繼續站在這種地方，難保不出幾秒鐘就整個人燒起來。

「嗚嗚……嗚——！」

高熱讓Avocado顯得極為難受，Magenta以沙啞的聲音指示他：

「Avo，你退下！這裡不要緊，你快跟大家一起逃……」

「不……不要……！我也……我，也是……超……超……」

他的話只說到這裡，但春雪已經聽出Avocado Avoider想說什麼。

我也是超頻連線者。他想說的就是這句話。

「Avo…………」

Magenta短短叫了他的名字一聲。她的聲音和霹啪作響的火焰聲重疊在一起，推測多半是Avocado的裝甲燒了起來。算來他們頂多只能再支撐十秒，有辦法在這之前將雷射反轉一百八十度嗎……

忽然間一陣嗤嗤作響，地上冒出了白煙。

春雪震驚地朝腳下一看，發現大部分燒成紅色的岩漿都一瞬間變黑、凝固。是有人潑灑了大量的水。然而黃昏空間中基本上十分乾燥，只有現實世界中比較大的水池或河川才會有水。到底是哪裡來的這麼多水？

春雪微微轉頭，映入眼簾的是生命線所在的水流裝甲幾乎已經完全喪失的Aqua Current。外露的虛擬身體，是由水晶般透明的材質所構成。她是動用了籠罩自己身體的水來冷卻地面。晶伸出細到極點的手臂，從Magenta左邊支撐住春雪背部，說道：

「我來遲了。」

緊接著又有一隻手從從右側繞到他背後，同時聽到說話聲音。

「抱歉，Crow，Magenta的同伴都失去行動能力，我們花了很多時間才把他們抬走。」

是黑雪公主。接著拓武、千百合、楓子、謠、仁子與Pard小姐，都分別從她們兩人的左右伸出手來，Magenta與Avocado也加了進去，圍成一個牢固的圈子。

「拜託你啦，Crow。」拓武這麼說。

「之後就交給你啦！反射回去轟了牠！」這是仁子說的。

春雪得到兩個敵人與八個伙伴，不，是得到十個超頻連線者在背後支撐，以可以做到的最大動作點點頭，再度將意識拉回梅丹佐的雷射上。

除了Avocado在內，Magenta軍的成員之所以會倒地，多半是因為ＩＳＳ套件給予的命令和他們自己的意志相互衝突。也就是說，他們心中也有了想和Magenta與Avocado一樣挺身而戰的念頭，為的是從突如其來的攻擊下保護同伴。哪怕ＩＳＳ套件對他們造成多深的精神汙染，都消彌不了他們靈魂最深處的這把火。只要還是超頻連線者的一天，這把火都永遠不會消失。

「唔……喔……」

春雪從喉嚨深處擠出聲音，同時慢慢地，一點一點地，持續將雙臂往前伸。身上承受的壓力，強得讓春雪覺得只要稍有鬆懈，整個虛擬角色就會被壓扁，但他的心中已經沒有迷惘。

當反射角度達到一百二十度，折射的雷射掃到了中城大樓的屋頂，大理石的牆壁瞬間燒得火紅、融化、碎裂。雷射就像神揮下的劍，將白堊巨塔一路往下劈。原則上那種規模的地形物件，在無限制空間裡應該是無法破壞的，但雷射卻輕而易舉地貫穿過去，威力果然驚人。

受到雷射破壞的，只是這棟寬度長達五十公尺的大樓當中的極小一部分，但也有可能已經正中理應設置在高樓之中某處的ＩＳＳ套件本體。雖然只要讓雷射左右掃動，就可以增加擊中套件本體的機率，但春雪實在沒有這樣的餘力。他已經卯足了所有物理上、精神上的能量，但光是筆直讓光線往正下方挪動，就已經無暇他顧。

沒錯，不要想多餘的念頭。

又聽到了那個聲音。即使眼前發生了將加速世界的一大地標劈成兩半的大破壞，這個聲音仍然沒有絲毫動搖，是一種很無機質……有幾分不像人類的聲音。

就這樣繼續往下。要精確地瞄準雷射的發射點，除了那裡以外都會穿透。

——穿透……？

聽到這句話，春雪才總算想起。大天使梅丹佐在「地獄」以外的空間都會隱形……而且「所有攻擊都會平白穿透過去」。然而這個神祕的聲音，卻告訴他即使在這黃昏屬性下，梅丹佐仍然有著會受到損傷的部位。這些情報連七王會議上都沒提到。也就是說，這個聲音的主人知道一些連七王……不，應該說是連最早的一批超頻連線者「Originator」都不知道的事實。

她到底是誰？

腦海中的角落浮出這思考的泡沫，隨即又破裂消失。之後只剩下準備正確執行這個指示的意志。

一百五十度。一百六十度……一百七十度。

雷射當中已經有幾成和新射來的雷射對碰，撞出的能量耀眼得讓他幾乎睜不開眼睛。世界只剩下光與影兩色，引發這個現象的Silver Crow雙手也同樣發出純白的光芒，幾乎隨時都會整條手臂連著導光棒一起爆炸，但春雪心中沒有一絲畏懼。八個同伴……不，現在已經有十個同伴，伸手撐住他的肩膀、腰、背。感覺得出每個人的心念都填滿了他的虛擬身體，給予他力量。

一百七十五度。

反射回去的雷射下端，碰到了梅丹佐透明的頭部。

但只有輪廓線發出稍強的光，此外什麼都並未發生。大型公敵仍然一動也不動，持續發射雷射。但春雪相信自己與同伴，也相信那個神祕聲音，繼續將手臂往前伸。他的手肘已經幾乎完全伸直。春雪慎重地轉動手臂，將手背轉向上。用伸得筆直的指尖，指向雷射的發射點……

一百八十度。

變化發生了。

起初春雪只感覺到有變化。儘管沒有爆炸，也沒有轟隆巨響，但感覺得到理應穿透公敵的雷射，射穿了一個小小的物體。灑向他們身上的光柱慢慢衰減，壓在全身的壓力也慢慢地轉弱，變得愈來愈弱……最後終於消失。

不知不覺間，無論是充斥整個視覺的純白光芒，還是占據整個聽覺的震動聲響，都已經消失得無影無蹤。只遙遠地聽見中城大樓上一道從屋頂幾乎深達地面的斷面，不時有土石掉落而發出的聲響。

不，還不止這樣。還有一種像是大塊的冰塊急速溶解時所發出的奇妙擠壓聲。這種蘊含了不祥預感的霹啪聲慢慢變大，聽得見的似乎不是只有春雪一個人，在背後站在一起的十個人也都一動也不動，專心聽著聲響。

呆立不動的春雪腦海中，又聽到了那個聲音。

一切才剛要開始。

來，使盡你們的全力戰鬥吧。

霹啪——！

一陣幾乎撕開整個空間的聲響——又或者像是將唸出「超頻連線」指令時的加速聲響增幅成幾千倍的衝擊聲響，撼動了整個空間。

接著春雪看見了。看見五十公尺外的地方，空間的殼破裂，一個存在從中現身。

最先出現的，是大大張開的翅膀。不是猛禽類的翅膀，跟Crow的金屬翼片卻又不一樣。這種像是用許多張形狀複雜的掛毯排成的翅膀，翼展和中城大樓的寬度差不多，而且還是左右各兩片，一共有四片。

翅膀下的軀幹，則是由串在一起的無數白色圓圈組成，從軀幹下方延伸出十根以上管狀的腳。

頭部則是個直徑約有七、八公尺的巨大球體。光是頭部本身，就已經有著巨獸級的大小。球體表面有著彎曲的放射狀紋路，匯集到一個點上，但只有這個點的部分焦黑凹陷。相信這裡之前就有著用來發射雷射，不，應該說是用來發射「三聖頌」的器官。

圓形的頭部上方，戴著一個發出白金色光芒的王冠狀頭環，頭環中央伸出了一根形狀奇妙的角。整個輪廓雜亂無章，從這個距離看不清楚細節。

當春雪看清楚這些時，從右側撐住他背部的黑雪公主迅速起身，以平靜但蘊含了最大緊張感的聲調宣告：

「錯不了，那就是神獸級公敵『大天使梅丹佐』。」

聽到這句話，其餘九人也慢慢和春雪分開。最後春雪放下一直往前伸直的雙手之後，黑雪公主再次輕聲說道：

「Magenta Scissor，我們這場仗可以先擱著嗎？我們非得打倒那個公敵不可。」

結果Magenta以同樣平靜的聲調回應：

「你們為什麼不逃？我倒是覺得現在應該不難脫身。」

「要是我們現在跑了，就會辜負Crow的努力。那個怪物最強武器的雷射已經被癱瘓，穿透屬性也已經解除。錯過了現在，就再也沒有機會和牠打了。等打倒梅丹佐之後，如果妳希望，我會跟妳再打一場。」

「…………」

經過短暫的沉默之後，Magenta Scissor說道：

「妳果然和傳聞中一樣傲慢。可是……只有現在，我不覺得妳的傲慢令我不舒服。這場仗我們就等將來有機會再打……Avo，我們走。」

轉身離開的Magenta，以及慢慢起身的Avocado，胸前都仍然有著眼瞼半閉的ＩＳＳ套件。

也就是說，套件本體並未被雷射正中，仍然存在於大樓之中。

現在這一瞬間，春雪不清楚他們兩人是如何抵抗套件的支配。但有一句話他敢說，那就是Magenta Scissor與Avocado Avoider，都並未拋棄身為超頻連線者的自豪。

Magenta開始往北走去，春雪好不容易朝她的背影擠出一句話：

「那個，非常謝謝妳，Magenta小姐。那時候要不是妳撐住我，我早就被蒸發了。」

「……彼此彼此。我要謝謝你們救了我的人。」

漸行漸遠的兩人，下半身都被高熱的岩漿燒得焦黑。

Magenta應該懂。她應該知道春雪他們之所以要和梅丹佐作戰，是為了破壞位於中城大樓內部的ＩＳＳ套件本體。而她應該也知道，一旦本體遭到破壞，給予他們力量的所有末端套件也都會失去力量。

春雪懷抱著無法形容的感慨，想目送他們離開，但他沒有這樣的時間了。一陣沉重的地鳴聲撼動了對戰空間。

春雪迅速回頭一看，梅丹佐似乎已經從被自己的雷射命中頭部的損傷中站穩腳步，以沉重的動作動了起來。儘管身上找不到任何像是眼睛的器官，但仍然感受得到強烈的視線，感受得到一種企圖將闖入自己領域的事物加以排除的無機質意志。

「……今天的任務，重頭戲才要開始。」

黑雪公主以令人聽不出疲勞感的堅毅聲調說道：

「儘管癱瘓了牠作為主武器的雷射，但梅丹佐仍然是可怕的敵人。然而我們絕對非打倒牠不可。Crow以那麼了不起的決心和覺悟完成了重責大任，要是我們不做出回應……」

「超頻連線者就白當了！」

搶先大聲說走精彩台詞的當然就是仁子。她握緊右拳，伸向開始輕飄飄前進過來的梅丹佐。

「我現在整個人熱血沸騰啊。那些裝了ISS套件的傢伙都那麼有種，你們幾個不加把勁，可就沒資格掛起軍團招牌啦！大家聽好了……我們要馬力全開，轟掉那個大傢伙！」

聽完仁子這場搶走黑之王風采的演說……

「轟掉那個大傢伙！」

謠立刻出聲應和。

看來紅色系的兩個人在今天一天就已經變得相當要好，其餘七個人——儘管黑雪公主的聲音顯得有那麼一點不服氣——也大喊呼應：「喔喔！」

7

在東京鐵塔遺址上討論好的計畫，是極力避免直接和大天使梅丹佐戰鬥，其他成員趁春雪抵擋住雷射的時候衝進中城大樓。

但既然梅丹佐已經下到地上，計畫就不得不大幅度修正。畢竟即使躲進大樓裡，也不覺得因此就能不被盯上，而且在最壞的情形下，還可能遭到也許躲在內部的敵人與在外追擊的梅丹佐夾擊。

何況有個預料之外的大好條件，那就是眾人視為梅丹佐最強攻擊的大口徑雷射已經無法發射，同時全屬性傷害穿透的狀態也已經解除。只要沒有這兩種優勢，即使不是地獄場地，跟梅丹佐打仍然有勝算。當然神獸級公敵的實力絕對不容輕忽，但至少不像禁城的那些超級公敵那樣有著絕對壓倒性的實力差距。

最重要的是，只要能在這裡打倒梅丹佐，牠下次復活時，就會出現在牠本來地盤所在的芝公園地下大迷宮最深處。雖然不知道是什麼人把梅丹佐從那裡移到中城大樓的屋頂，但相信同樣的事情要再做一次並不容易。也就是說，即使破壞ＩＳＳ套件本體的任務發生問題，至少也能夠暫時讓大樓沒有公敵把守。

考慮到以上的理由，他們九人決定和大天使梅丹佐一決死戰。

戰鬥開始過後兩分三十秒——

春雪痛切體認到先前的預測是多麼天真，相信其他同伴也不例外。

「羽毛攻擊要來了！準備閃避！」

黑雪公主大聲指揮，擔任前衛的春雪、拓武、楓子與Pard小姐迅速跳開，仰望天空。梅丹佐的四片主翼在上空大大張開，每一片翅膀上各有十二片掛毯狀的羽毛發出藍色的光芒，唰的一聲撕裂空氣，快如閃電般的湧向地上。

羽毛寬達一公尺以上，卻薄得像紙，輕輕碰到就能輕而易舉地劃開虛擬角色的裝甲。春雪等人拚命閃躲走劃出不規則軌道朝他們飛去的羽毛，只見藍色的薄刃接連插在地上，深深挖進地面。

剛覺得好不容易躲開所有羽毛的瞬間，就聽到背後傳來喊聲：

「Crow，危險！」

同時傳來一陣劇烈的衝擊，但幾乎沒受到損傷。

轉身一看，是拓武用背部擠開春雪，同時舉起右手。銳利的羽毛尖端貫穿了強化外裝厚重的裝甲，刺進了虛擬人體的部分。堪稱Cyan Pile象徵的打樁機，先前曾用來發動將鐵樁化為雙手劍使用的「蒼刃劍」，又多次格擋梅丹佐的攻擊，已經殘破不堪，但尚未受到破壞，滿是缺損的鐵樁也並未失去光輝。

當四十八片羽毛再度拉回上空，春雪右手搭在拓武背上大喊：

「不好意思，Pile！」

「不用擔心，我還頂得住！」

好友的話非常可靠，但嗓音中有著疲憊。春雪也自覺到注意力已經愈來愈低落，會沒看清楚射向他背後的羽毛，就證明了這一點。包括先前抵擋雷射時受到的損傷在內，體力計量表還剩下六成以上，但要是動作再繼續遲鈍下去，相信轉眼間就會被打到只剩紅色。

「Pile，你再等一下！等我集滿計量表，馬上就幫你治療！」

在後方擔任中衛的千百合這麼一喊，拓武就舉起左手回答：「知道了！」「香櫞鐘聲」在和公敵長期抗戰時極為可靠，但必殺技計量表的消耗非常劇烈，周圍又幾乎沒有任何物件可以破壞。因此她雖然身為中衛，也必須看準梅丹佐小小的破綻，上前以直接攻擊來累積計量表。他們不容Lime Bell發生什麼萬一，所以晶負責護衛她，但晶自己生命線所在的流水裝甲也失去了大部分，非得慎重算準衝上前的時機不可。

梅丹佐結束羽毛刀刃攻擊——相信一定會有像「三聖頌」那樣的正式名稱，但自從戰鬥開始時，就不再聽到那個神祕的聲音——收起四片翅膀，就有無數火焰劃出拋物線軌道撲向牠。是在最後方進行遠程攻擊的仁子和謠。紅之王重新召喚出武裝貨櫃車「無畏號」發出的微型飛彈，以及Maiden以必殺技「火焰暴雨」射出的分裂火焰箭，籠罩住大天使巨大的身軀。多達數十次小小的爆炸撼動了空間，顯示在公敵上方的四條體力計量表之中，第一條無聲無息地消失。

——還要打整整三條……

春雪揮開腦海中一瞬間閃過的念頭，猛力跳起。他在梅丹佐軀幹的側面懸停，和黑雪公主與衝過來的千百合配合好時機，送上一串「空中連續攻擊（Aerial Combo）」。沒有光澤的純白結構材，打起來的感覺就像在打堅固的複合陶瓷，打不出裂痕或凹陷。但春雪相信每一擊都多少可以消滅牠的體力計量表，拚命驅使雙手雙腳攻擊。

「Crow，你窮追過頭了！」

忽然間聽到黑雪公主的喊聲，春雪驚覺地瞪大眼睛。不知不覺間，長長的軀幹上方那直徑長達七公尺的整個頭部，都出現了無數小孔。

「嗚……！」

春雪用雙手防禦身體，同時收起背上的翅膀。虛擬角色受到虛擬重力牽引而往下墜，但速度實在太慢。梅丹佐的圓形頭部開出的小孔裡，冒出了螺貝似的尖銳螺旋彈。緊接著，一陣機槍開火似的爆裂聲響中，螺旋彈往全方位發射出來。

本來在牠頭部開出小孔時就應該停止攻擊，躲到螺旋彈射不到的地方——梅丹佐的軀幹下方才行。然而春雪晚了一步退避，右手與左腰中彈，被打得倒在地上。白色螺貝命中後仍然繼續旋轉了一陣子，灑出橘色的火花與紅色的受創特效，深深鑽進Crow的金屬裝甲。

「嗚啊……！」

令人眼冒金星的劇痛讓春雪發出呻吟，這時有一雙長著鉤爪的手用力拉起了他。是Blood Leopard。她長著利牙的嘴發出不容分說的指示：

「Crow，去和Rain她們從遠距離攻擊。」

「咦……我……我不要緊的，我還能打……」

但他的反駁被另一個說話聲音打斷。

「鴉同學，你退開。我們馬上會叫你再上來。」

連楓子都這麼說，他也不能再抗辯。在這裡耗著不走，也只會害大家陷入危險。

「……對不起！」

春雪只喊了這麼一句話，對投來關心視線的黑雪公主點頭回應，張開翅膀，一口氣飛到留在後方五十公尺處的仁子與謠身邊。

他剛在貨櫃車旁著地的瞬間，雙腳就當場虛脫，膝蓋癱軟地跪到地上。看樣子疲勞比自己所想的還要嚴重。

——可惡。偏偏在這麼重要的時候……

春雪拚命想站起，肩膀就被謠的小手搭了上來。

「鴉鴉，請你休息一下，這也是很重要的工作。」

緊接著又隔著喇叭聽到仁子說話。

「就是啊，Crow！你已經貢獻夠多了，剩下的就交給我們啦！」

她們兩人的體貼讓春雪非常窩心，卻又非常懊惱，卯足全力握緊雙手。

他早已隱約自覺到，自己對長時間的戰鬥不拿手。平常進行正規對戰時，也是戰鬥時間超過二十分鐘後，勝率就會微微下降。儘管他很擅長在關鍵性的瞬間讓感覺進行超加速，但相對的遇到需要長時間保持一定程度注意力的情形就很難發揮實力。這種傾向在現實世界之中也是一樣，要他做完每天的功課，他還勉強有辦法完成。但即便主動想長時間念書，過了兩、三個小時候就會開始注意力渙散，數字和英文字母的含意都進不到腦袋裡。

春雪知道這樣是不行的。要達成他暗自訂下的這輩子最大的目標——後年考進和黑雪公主同一間高中，憑現在的學力根本是痴人說夢。他一定得主動苦讀，在二年級就提升成績，但腦袋就是不肯持續發揮能量。

「不可以心急。」

忽然間，輕輕傳來一句彷彿看穿了春雪心思的話。

「要從小事，一件一件做起。只要這樣慢慢累積，總有一天會達到。不管目標多遙遠，都一定會達到。鴉鴉應該已經知道了這個道理。」

春雪抬起頭來，看到嬌小的巫女在他前方拉起長弓。她的動作極為順暢，不含絲毫蠻力或急躁。那是透過幾千次、幾萬次反覆練習而達到的洗鍊極致。

火焰箭隨著喊出的招式名稱射了出去，化為紅色的流星在傍晚的天空飛翔，無聲無息地分裂。火焰流星雨以駭人的精度，灑在巨大的公敵身上。

從小事，一件一件做起。

「……對喔。如果累了，休息就好。」

春雪小聲喃喃自語。他放開握緊的拳頭，放鬆全身的力氣。結果神奇的是，連雙腳的感覺都恢復了。

「在掃小咕的小木屋時也是這樣。不要從一開始就想把事情全部做完，先想好能做到什麼事，一點一滴前進，不知不覺間就做完了。」

謠什麼話都沒說，但春雪覺得她的側臉上露出了淡淡的笑容。

春雪慢慢站起，深呼吸一口氣。疲勞還在，但這是當然的。畢竟先前他為了反射梅丹佐的雷射，就卯足了所有心力。此時此地，他要做自己辦得到的事。

他伸出右手手指，產生銀色的過剩光。接著不急不躁，慢慢讓光芒發達。等光芒變得夠強，就將手臂前伸，再慢慢地，慢慢地瞄準。

好了，該瞄準哪裡呢？

春雪唯一會用的遠程攻擊招式「光線標槍（Laser Javelin）」命中精度並不高，但梅丹佐這麼巨大，要瞄準翅膀、軀幹或頭部，應該還辦得到。

他冷靜地觀察公敵全身。如果牠有弱點，多半就是從圓形頭部頂端伸出來的那根形狀奇妙的角，但這個目標實在太小。第二醒目的，大概就是套在頭部上半的王冠。仔細一看，梅丹佐全身就只有這個王冠不是白色，而是銀色。

——就瞄瞄看吧。

春雪看準王冠，意識到不要太用力，將右手收到肩膀附近。銀色的長槍在空中創生出來，微微顫動。

如果追求威力，這時應該喊出招式名稱，用這種觸發的方式來增幅想像。但現在精度比威力更重要，喊得越大聲，多半就會讓準星偏開越多。他緊閉著嘴，用左手輕輕切斷長槍底部。

心念標槍拖出銀色的光軌飛去。以往他用這一招，標槍都會循著螺旋軌道飛行，但唯有現在卻幾乎筆直往前飛，無聲無息地飛向梅丹佐那為了進行翅膀攻擊而靜止不動的頭部上那一圈王冠。

鏗一聲清脆的金屬聲響，連春雪所站的地方都聽得到。同時公敵巨大的身軀似乎定格了一瞬間。

接著他又聽見了那個聲音。

對，這樣就對了。你要繼續瞄準同一個地方。

——搞什麼？原來妳還在啊。剛才妳為什麼都不說話？

是你不聽。以後你要仔細聽我說話，照我說的做。

春雪不由得心想，她怎麼會這麼跩。即使用字遣詞跟謠差不多，聽起來的感覺就是完全不一樣。儘管懷疑到底是誰在說話，但春雪想到現在不應該把目光從梅丹佐身上移開。既然她給的是建議，相信至少就不是敵人。

春雪不胡亂張望，而是對謠與仁子說：

「Rain、小梅，梅丹佐額頭上套的那個像王冠的東西，好像就是牠的弱點。我們集中瞄準那裡吧。」

「你說的額頭是哪裡啦！還有為什麼對我就只叫Rain！」

仁子嚷嚷歸嚷嚷，仍然將貨櫃車的主砲微微往左迴旋，謠也放低長弓所瞄的方向。

「我們時機要配合好。我來倒數。」

春雪再度將過剩光附上右手，接著說：

「四、三、二、一、零！」

兩門雷射砲迸射出紅寶石色的光線，長弓射出大型的火焰箭，春雪的右手擲出光的標槍。

三種遠距離攻擊一邊慢慢靠攏，一邊飛過五十公尺的空間，在梅丹佐身前融合為一，命中了銀色的王冠。

尖銳的金屬聲響以先前數十倍的音量迴盪開來。前線的黑雪公主等人都震驚地跳開。公敵巨大的身軀痛苦扭動，翅膀頻頻開閉。

「喔……喔喔……有用耶。」

「就是說啊！」

春雪對她們兩人點點頭，開始思索。

既然遠距離攻擊都有這麼大的效果，如果從極近距離展開直接攻擊，應該能對王冠造成更大的損傷。春雪的右腳無意識地就要踏上一步，但隨即停下腳步。Pard小姐與楓子都命令他留在後方支援，他不能擅自回到前線……

「你就去吧。」

忽然間聽到仁子用摻雜苦笑的聲音這麼說。

「咦？可是……」

「你能這麼鎮定，應該就不要緊了吧？不然你是怎樣，你敢不聽我這個王的命令是嗎？」

「沒……沒有的事！……知道了，我這就過去。」

春雪下定決心，張開背上的翅膀。

「……Rain、小梅，謝謝妳們！」

他大喊一聲，以恢復力氣的右腳用力踢向地面。接著毫不吝惜地消耗幾乎集滿的必殺技計量表，朝著瘋狂狀態的梅丹佐衝去。

春雪全力飛行之餘，心中一股不可思議的寧靜卻並未消失。換作是往常，他的視野都會集中到目標所在的一個點上。但現在梅丹佐的全身是不用說，連在牠周圍展開的前衛，距離稍遠的中衛，甚至連遠景中半毀的中城大樓，都看得清清楚楚。

公敵仍然極為亢奮，張開背上的翅膀。是羽毛刀刃攻擊。銳利的薄膜發出藍色的光芒，地上的黑雪公主等人也採取迴避態勢。

從上空看去，四片翅膀張成X字形，但只有正後方有個小小的空檔。只要從那裡鑽過，多半就能攀上公敵的後腦。春雪從右迴旋銳利地往左反切，慎重地看準切入路線。

緊接著唰的一聲響，四十八片羽毛解放出去。四名前衛拚命躲過接連剜過地面的羽毛時，春雪一口氣衝到梅丹佐的背部，從翅膀之間穿過，逼近圓形的頭部。

這個直徑七公尺的球體，在近處看去更是大得不得了。頭部表面有著螺旋狀的線，不只是正面，正後方也有一個焦黑的孔洞。上方套有白金色的王冠，頂端突出一根長約兩公尺左右的角。

春雪毫不猶豫地攀到王冠上，送上一記用上翅膀所有推力的右直拳。一陣像是敲著大型吊鐘似的巨大聲響迴盪在四周，讓晚霞色的大氣呈同心圓狀震動。梅丹佐巨大的身軀劇烈扭動，彷彿神經系統錯亂，十幾隻腳和四片翅膀胡亂擺動。

春雪雙手緊緊抓住王冠以免被甩脫，同時朝地上的黑雪公主等人大喊：

「我來攻擊王冠，大家趁梅丹佐錯亂的時候攻擊本體！」

春雪本以為擅自跑回來會被罵，但沒有人罵他。Pard小姐立刻回答：「K！」其他人也接著應聲。

春雪用力忍下想對王冠亂打一氣的衝動，仔細計算時機。既然攻擊弱點可以讓梅丹佐的行動中斷，那就應該看準牠擺出要發射羽毛刀刃或全方位發射螺貝的準備動作時攻擊。春雪抓住王冠，專注觀察公敵的動作。

從近處一看，就發現白金王冠的造型十分不可思議。王冠是由許多C字形零件相連組成，但C字形尖銳的兩端卻不是朝外，而是朝內。而且這些零件像握把一樣好握，尖銳的兩端卻陷進梅丹佐白色的裝甲版，讓春雪忍不住好奇這樣難道不會痛嗎？

春雪想著這樣的念頭之餘，意識的八成仍然牢牢捕捉住公敵全身，並未漏看公敵擺出的架式。構成軀幹的那些直徑將近兩公尺的圓圈開始高速旋轉，圓環與圓環之間的空隙裡，竄出紫色的電光。是全方位放電攻擊。這和青龍的「雷暴」不一樣，是往水平方向擴散，所以除非一看到架式就立刻猛力衝刺來拉開距離，否則就無法閃過這一招。

但四名前衛相信春雪的話，留在近距離圈內。他不能辜負這份期待。春雪從王冠上放手，懸停在空中，下意識地用附上過剩光的右手，插進C形環之間的接合部分。

一陣幾乎衝破耳膜的衝擊聲響起。白金色的表面竄出細小的裂痕，梅丹佐在無聲的咆哮中扭動身體。正要發射的雷電當場爆發，在空洞的體腔內來回貫穿好幾趟。

「唔……喔喔！」

這個喊聲來自黑雪公主。只見她高高躍起……

「『死亡穿刺（Death By Piercing）』！」

從她右手發出的必殺技，粉碎了梅丹佐的一隻腳，其餘三人也抓住機會全力使出攻擊，後方則有雷射與火焰箭精密狙擊軀幹，將公敵的第二條體力計量表打掉一大段。

換作是平常，春雪會握拳表示慶賀，但他覺得這一握拳，就會失去填滿心靈的那種不可思議的感覺，所以立刻開始因應下一波攻擊。

儘管視野維持開闊，卻不是注意力散漫。感覺像是用自己的意志，去控制平常都集中在一個點、一瞬間的注意力。只有關鍵時刻才需要油門全開，在這種時機來到之前，都要靜靜地做好準備，觀察全局，順暢地行動。

梅丹佐從傷害中站穩腳步，用腳與尾巴進行普通攻擊。黑雪公主等人一邊閃避，一邊頻頻展開反擊。這樣的攻防進行了十秒鐘左右，公敵用力抬起上身，近在春雪眼前的頭部開出無數小孔。

如果全身被旋轉著逼近的螺旋彈命中，免不了當場斃命。但春雪不慌不忙，看準梅丹佐動作停止的瞬間，刺出用心念強化過的手刀。手刀命中和上次一樣的部位，加大了王冠的裂痕。螺旋彈從痛苦痙攣的公敵頭部零星發射出去，但數量與威力都不夠，春雪用雙手就能擋住。

戰鬥以一定的步調持續下去，梅丹佐的體力緩慢但確實地減少。第二條、第三條計量表都逐一消失，打到第四條計量表時，梅丹佐又多了新的攻擊套路。但春雪不慌不忙地盡好自己的職責，王冠也逐步遭到破壞，等到戰鬥開始約四十五分鐘後——

最先碎裂四散的，是戴在梅丹佐頭部的白金王冠。

春雪的手刀完全粉碎了一個C形環，緊接著所有圓環都分離開來，紛紛掉落在地。

春雪從公敵先前的行動模式，料定牠最後會大肆掙扎，但意外的是公敵完全停止了動作。

黑雪公主似乎也猶豫了一瞬間，但隨即下令全力攻擊。千百合與晶也參加攻擊，形形色色的光影特效籠罩住公敵巨大的身軀。

每當有大招打在公敵身上，染成血紅的第四條計量表就顯著地減少。最後被黑雪公主的心念攻擊「奪命擊（Vorpal Strike）」打出一個前胸通到後背的洞，神獸級公敵「大天使梅丹佐」終於在轟然巨響中倒地。

構成牠全身的白色板塊慢慢分解開來，從邊緣開始逐漸化為光的粒子。球形的頭部也分解開來，從內部溢出大量的光。

春雪看到視野左側跑過一串告知得到大量點數的訊息，同時下到地上。緊接著……

「漂亮，Crow！」

千百合從後撲上，右手在他頭盔上用力摸來摸去。這時春雪的注意力庫存終於用盡，差點整個人癱坐下去。

「啊喲喲。」

千百合立刻撐住他，扶他站起。春雪回答：「謝……謝謝」，抬起頭來一看，就看到黑雪公主、拓武、晶、楓子與Pard小姐的笑容——當然也只是感覺他們在笑。眾人異口同聲地說：

「你……」但對看一眼後，還是決定讓給隊長發言。

黑雪公主清了清嗓子，鄭重說道：

「你做得很好，Crow。你表現得非常好，你又爬到一個更高的階段囉。」

「哪……哪裡，學姊過獎了……」

春雪一縮起頭，立刻就被千百合在背上用力一拍。

「這種時候你就抬頭挺胸會怎樣！」

「知……知道啦，不要一直弄我的背。」

春雪深深吸一口氣，儘管還要靠人攙扶，但仍然挺直腰桿，這時就看到兩名後衛出現在黑雪公主與楓子之間。謠坐在仁子的貨櫃車上，用力揮動雙手。

春雪正想舉起右手回應，但忽然注意到謠的模樣不尋常。那不像是在慶祝勝利，比較像是在提醒大家注意。仔細一看，貨櫃車的頭燈也閃個不停。

春雪心想不知道怎麼回事，不經意地仰望上空。

結果看到一個奇妙的物體無聲無息地在空中飄浮。

那是個上下細，中間粗的白色紡錘形物體。細長的帶子斜斜纏繞在上面，看不見裡面的東西。全長大約是兩公尺左右。表面上畫有複雜的紋路，在夕陽照耀下發出美麗的光芒。

春雪瞇起眼睛細看，正覺得似曾相識……然後他忽然瞪大眼睛。

那是梅丹佐的角。這根從球形頭部伸出，不知道有什麼用途的突起，在公敵消滅後仍然留在空中。

比春雪晚了一步看到空中這根尖角，也震驚地說道：

「這……這是怎麼回事……我們明明確實打倒了梅丹佐……」

「我看過加算的點數，不會錯，我們確實打倒了牠。」

晶接著說話的聲調，也比平常緊繃了些。

就在這時。

腦海中又傳來了戰鬥中聽過好幾次的神祕說話聲。

你們破壞的，只不過是我的半身。

纏在角上的帶子鬆開。不，那不是帶子，是四片很長而且強而有力的翅膀。

從中出現的，是一名身披華麗鎧甲與衣裳的女性。她全身純白無瑕，無論頭髮、肌膚或衣服，都是雪一般的消光白，一半由夕陽，另一半則由夜晚的紫光點綴。

女性明明雙眼並未睜開，卻美得不像是人。散發出一種完全感受不到生命氣息，卻也不是單純物件的異樣存在感。

她修長的雙手慢慢張開，有著白色睫毛的眼瞼微微睜開，金色眼睛捕捉到了地上的七個人。

這一瞬間，強得無與倫比的壓力壓迫全身，讓春雪差點跪了下去。他拚命想站穩，卻停不住雙腳的顫抖。千百合喉頭發出小小的悲鳴，黑雪公主等人也全身僵硬。這壓倒性的鬥氣，無疑是神獸級……不，簡直直逼超級公敵的境界。也就是說……

這個女性才是大天使梅丹佐的本體。

春雪在因為過度震撼與戰慄而幾乎斷絕的意識中拚命思索。

但如果真是如此，這顯然不合理。

先前和巨大梅丹佐戰鬥中，多次提供春雪建議的，卻是梅丹佐的本體。這到底是怎麼回事？這豈不是變成那個女性形公敵把自己的弱點告訴春雪，讓他們打倒自己？

「為……什麼……」

春雪的懷疑凌駕在恐懼之上，發出這樣的問題。結果他又聽到了那個聲音。

小小的鳥兒啊，你成功地破壞了束縛我的軛。

雖然我命定要將戰士們燒得一乾二淨，但這次我就放過你們吧。

但如果你們想打，那又另當別論。

「我……我我……我們不想打！」

春雪忘我地這麼一喊，純白的大天使就再度閉上眼睛，傲然地點點頭。

那麼我就在凡間逍遙一陣，再回我的城裡。

有緣再會了，渺小的人們。

梅丹佐依序以四片翅膀裹住身體，再度變回繭似的紡錘形後，突然又化為白色的火柱，當場燃燒殆盡似的消失無蹤。

幾乎壓扁身體的壓力慢慢淡去、消失，春雪立刻癱軟地坐了下去。這次千百合也沒來扶他，一起癱坐在地。看來威脅總算離去了，但春雪還是什麼都搞不清楚，把頭歪來歪去地左思右想。

打破這陣短暫沉默的，是仍然仰望著天空的拓武。

「……我想大概是這麼回事吧……」

他先說了這句開場白，才以不太有自信的聲調說下去：

「梅丹佐之所以把守中城大樓，是因為被人……多半就是被加速研究社的人馴服，而這違反她本人的意思。而套在梅丹佐頭上的王冠，就是剛才那名女性說的『軛』……也就是馴服用的物品，然後Crow破壞了王冠，所以她才重獲自由……」

「啊……啊啊，原來如此！」

春雪仍然癱坐在留著激戰痕跡的地面，開口說話。

「說到這個，的確只有王冠不是白色，而是銀色啊……」

同時這也說明了梅丹佐的本體為什麼會用類似心電感應的方式，命令春雪瞄準王冠。春雪不由得對天空暗叫：「既然這樣就早說啊！」但當然沒有得到回答。

聽完拓武的說明，黑雪公主也信服地點點頭，看著身旁的楓子說：

「這該怎麼說……Raker、可倫，我們以前在『兩極大聖堂』和梅丹佐打的時候，都沒跑出那樣的本體吧？」

「的確沒有。也就是說，我們自以為打倒的……」

「只是梅丹佐的下半部。」

聽完三人的談話，跟春雪一起並肩癱坐的千百合就說：

「那是不是表示，如果這次Crow破壞馴服用的王冠之前，我們就先打倒大隻的梅丹佐……我們接下來就得和那個女性打……？」

「嗯，可能性是有的……」

黑之團的五個人都默默不語，Pard小姐看著春雪說了一句：

「ＧＪ。」

聽到這句話，春雪總算切身感受到戰鬥已經結束，深深吐出一口氣。他嘿咻一聲站起，先伸手拉起千百合，然後才對留在五十公尺外待命的仁子和謠看了一眼。

貨櫃車的主砲對準了他們，謠也仍然拉著長弓。春雪朝她們兩人大聲呼喊：

「Rain、小梅，已經沒事了！請妳們過來吧！」

「那就早說好不好！」

仁子透過麥克風擴大的喊聲乘著風傳來，春雪也只能縮起脖子回答：「您說得是。」

謠從車頂跳下來，武裝貨櫃車就發出沉重的聲響分解，消融在空氣之中。一個小小的虛擬角色從駕駛艙部分跳了下來，大大地伸了個懶腰。

紅色系的兩人牢牢握手，接著轉身面對七人。儘管因為疲憊，腳步略顯不穩，但她們牽著不放的手互相支撐著彼此，繼續往前走。看到她們這樣，春雪覺得胸口一陣溫暖。

為了進行Aqua Current救出作戰而朝禁城前進時，謠就對春雪問過，問他說：「鴉鴉，你還記得嗎？」而這句問句的受詞，指的是春雪以前在禁城裡對謠說的話，說有一天要介紹一個朋友給她認識。而這個朋友，就是現在走在謠謠身旁的仁子。

雖然看起來已經不必介紹，但等到作戰全都結束，還是該好好幫她們介紹一下，當然在後院的小咕也要一起介紹。相信仁子一定會很高興，然後大家再一起去逛學生會的展示……

春雪想著這樣的念頭，看著她們慢慢走近，視線所向之處就看到謠與仁子踩到了中城大樓伸到草原上的長影子上。

光芒閃動。

有個東西發出了光。

光芒來自遠比並肩行走的兩人更後面，一棟低矮的建築物上。那不是夕陽的反射，而是鮮豔得毒辣的紫色閃光。

我，看過，那種光。

春雪只來得及想到這個一個念頭。

下一瞬間，四道光線無聲無息地貫穿Ardor Maiden的胸口。她們牽在一起的手鬆開，嬌小的巫女往旁一倒，仁子本能地再度伸出右手。

但她的手搆不著。

因為腳下的影子裡竄出兩塊純黑的薄板，夾住了仁子。小小的虛擬角色全身，迸出橘色的火花。

到了這時，春雪的喉頭才發出慘叫。

「啊……啊啊啊啊啊——————！」

黑雪公主等人正要開始針對今後的情形討論，立刻轉過身來，看清楚了遠方的狀況。

最先有反應的是Blood Leopard。她發出「嘎嗚！」的怒吼咆哮，立刻猛力跳躍。接著在空中發動野獸模式，化為深紅色的豹落到草原上，隨即以驚人的速度朝紅之王身邊飛奔過去。

但遠方再度射出紫色的雷射，穿刺在Leopard腳邊。這次的光束攻擊是每次發射一發，製造出時間差，逼得豹只好左右閃避，同時夾住仁子的漆黑薄板收得越來越緊，儘管紅之王拚命抵抗，但由於太過疲憊，無法完全抵抗住壓力。

「快跑！」

黑雪公主一喊，其餘五人也同時朝地面一踹。

春雪跑到第三步起跳，張開翅膀一口氣加速。離被困住的仁子還有四十……三十公尺……

但就在這時，兩片薄板終於不留半點空隙地合上。死亡特效並未發生，是仁子被囚禁在薄板之中。這個完全不反射光線的消光黑立方體，慢慢沉入地面的影子之中。

「Black……Vise——！」

春雪以全速飛行，同時喊出可恨仇敵的名字。

錯不了，那黑色薄板就是自稱加速研究社副社長的Black Vise變身成的模樣。而發射紫色雷射的，則是「四眼分析者（Quad Eyes Analyst）」Argon Array。

想得美。我絕對不會讓你們擄走仁子。

春雪咬得臼齒幾乎碎裂，拚命往前飛。

遠方的大樓上閃出一道紫光。春雪用左手的導光棒抵擋發射過來的雷射，往旁彈開，接著右手高高舉起。

二十公尺前方，立方體已經有七成以上都沉入影子裡。

「『雷射（Laser）……長槍（Lance）』！」

春雪從右手發出的銀光長槍，深深刺進黑色薄板的側面，但沉降並不停止。

薄板噗通一聲留下黑色的漣漪後沉入影子之中，同時春雪的右手也插到同一個地方。春雪不減緩飛行的勢頭，右手深深埋進地面，沒入到將近手肘。

但他的手指什麼都碰不到。

「嘎嗚嗚！」

追上來的Leopard一邊咆哮，一邊用鉤爪挖掘地面。但她只翻出了虛擬的土壤，挖不出黑色薄板。

Black Vise能夠在影子裡自由移動。一旦被他躲進影子，要從外找出來就……

——不對，還沒完呢！

春雪將右手從地面拔出，站起身來。拉起倒在身旁的謠，交給跑過來的楓子。

我不放棄。絕對不會放棄。春雪深深吸一口氣，因為過於憤怒而燒得火紅的思考，也終於恢復了控制權。

「Pard小姐請去追Argon！哪個人從最近的傳送門脫離，去拔掉仁子的傳輸線！」

春雪一口氣下完指示，雙腳朝地面一踢。他急速上升到三十公尺高度，轉過來環顧四周。

黃昏屬性的建築物由很多柱子構成，空隙很多。Black Vise可以拿影子當成他的專用移動通道，但影子應該會有不相連的地方。而Vise應該不是朝中城大樓的底部，而是朝尖端前進。因為這棟大樓是獨立的建築物，一樓的部分並未和其他建築物的影子相接。

目光順著大樓的影子掃去，就看到尖端部分突出到公園外，與Argon所待的那一帶建築物影子融合。Vise會在那裡的某個地方再度出現，自己萬萬不能錯過那一瞬間。

視野要寬廣。不是只看一個點，而是要專注看著全局。建築物的數量很龐大，影子通道相連得錯綜複雜，但他就是必須同時觀察這些影子。

Leopard追著Argon Array，在公園往北奔跑。

她所向之處，離公園有一小段距離的窄巷裡，閃過紫色的反射光。那多半就是Argon。

如果Vise要與Argon會合……就會在更過去，一整群神殿建築的邊緣那一帶——

接著春雪看到了。看到一路延伸到一個大路口的影子裡，浮出漆黑的立方體。

——仁子！

——我答應過妳！要保護妳！說不管什麼時候妳陷入危機，我都會飛去救妳！

春雪將虛擬角色中心爆發的情緒轉化為能量，把所有對光的想像集中到背上的翅膀大喊：

「『光速翼（Light Speed）』！」

翅膀迸出白銀的過剩光，對戰虛擬角色猛然往前飛。

遠方的路口上，黑色的立方體變成人形輪廓，開始走過路口。他的手上抱著似乎失去意識的紅色虛擬角色。

路口前方有著另一道影子。一旦被他躲進那些影子裡，就再也追不到了。

快點，快點，再快一點。

超加速感覺來臨，世界的顏色改變。拉長的時間化為黏液似的牆壁，阻擋住去路。

快點，快點……

既然你這麼渴望……

春雪又聽見了那個聲音——聽見本應已經離開的大天使梅丹佐的聲音。

我就暫時借你力量吧。

來，呼喚我的名字。

視野左上方閃出一段系統色的字串。

【YOU GOT AN ENHANCED ARMAMENT……《METATRON WINGS》】

春雪在加速過的意識當中大喊：

「著裝！『梅丹佐之翼』——！」

純白的光線從天而降，打在春雪背上。

原有的金屬翼片上方，又創生出另一對翅膀。一對比什麼都白，像刀刃一樣薄，卻蘊含了可怕威力的天使之翼。

一陣強得令人頭昏眼花的推力，把Silver Crow已經用心念加速的身體往前推。往前伸出的雙手手指，甚至貫穿了阻擋著他的時間之牆。

「給我……飛啊啊啊啊啊啊啊——！」

春雪讓四片翅膀發出光芒，整個人化為一道光線，飛了過去。

（待續）

後記

謝謝各位讀者看完《加速世界 14 激光的大天使》。

在下川原礫，在上一集的13集後記裡，向各位讀者保證過：「我絕對會在四集內寫完梅丹佐攻略篇，不會拖到五集」。已經看完這一集的讀者應該也知道，在這一集裡，神獸級公敵「大天使梅丹佐」本身已經攻略完，但在這篇後記前兩頁的地方，卻清楚寫著「待續」兩個字……就不知道梅丹佐攻略篇能不能算是寫完了！這個問題我想交給後世的歷史學家去判斷……不，對不起，我沒寫完，怎麼想都沒寫完。青龍和梅丹佐這一日雙賽的行程，不但對春雪他們是一次非常艱鉅的任務，對我也是一樣……第……第15集我一定……大概……

好了，也因為這樣，這一集成了AW史上第一本「所有人在整本書裡都是對戰虛擬角色狀態」（儘管嚴格說來，過程中他們曾經回到現實世界一瞬間）的作品。第一節是在現實時間的午後十二點二十分，最後一頁則差不多是十二點二十分五十七秒，所以花了一整本文庫本的篇幅，現實世界的時間卻還過不到一分鐘……連我自己都難免覺得這樣似乎不太對，但一想到這說不定是所有電擊文庫當中最短的紀錄，又覺得有點高興……不，對不起，我有在反省。下次我也會努力，希望能盡快讓書送到各位讀者手上，還請各位讀者再多支持一下，梅丹佐攻略戰暨ＩＳＳ套件篇就會結束了。

換個話題。從三月底到四月初，在美國華盛頓州西雅圖舉辦的動畫集會「櫻花動漫季」，有人招待我參加，讓我這輩子第一次跨越了太平洋。我有太多的感觸，在這點篇幅裡實在寫不完，但知道在大海另一頭的美國，竟然有這麼多人這麼熱愛日本的動畫與漫畫，實在讓我萬分驚喜。很遺憾的，輕小說在北美幾乎都沒有翻譯出版（當然加速世界與ＳＡＯ也不例外），但我也不由得強烈地盼望有朝一日，能讓他們也讀到原作小說。請讓我藉這個機會，對櫻花動漫季的主辦單位，以及在現場招待我的Aniplex of America的各位，以及從日本就陪我同行的電擊文庫編輯部平井氏，致上最深的謝意。

最後，我要深深感謝因為這次登場的人物之多而走得步履艱難（九人團隊實在是太多人了……），被我添了加速世界史上最兇惡級麻煩的插畫家ＨＩＭＡ老師，以及責任編輯三木先生。而對於支持本作到今天的各位讀者，也要致上加速世界史上最大的感謝！下一集我一定會讓劇情告一段落！

二〇一三年四月某日　川原 礫

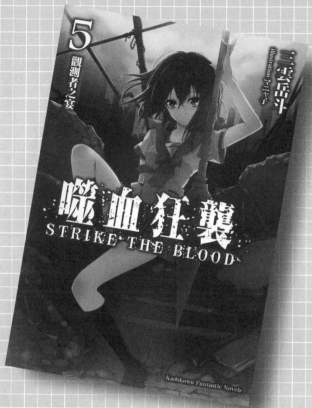

入間人間
插畫†ブリキ
蜥蜴王
Lizard King
—不可視光—
4
Kadokawa Fantastic Novels

國家圖書館出版品預行編目資料

加速世界. 14, 激光的大天使 / 川原礫作 ; 邱鍾仁譯. -- 初版. -- 臺北市 : 臺灣角川, 2013.11
面 ;　公分 --（Kadokawa Fantastic Novels）

譯自 : アクセル.ワールド. 14, 激光の大天使
ISBN 978-986-325-699-1(平裝)

861.57　　102020339

Kadokawa
Fantastic
Novels

加速世界 14
激光的大天使

（原著名：アクセル・ワールド14 —激光の大天使—）

2013年12月25日 初版第1刷發行
2021年1月11日 初版第6刷發行

作　者：川原 礫
插　畫：HIMA
日版設計：BEE-PEE
譯　者：邱鍾仁
發行人：岩崎剛人
總編輯：蔡佩芬
主　編：朱哲成
美術設計：吳佳昫
印　務：李明修（主任）、張加恩（主任）、張凱棋
發行所：台灣角川股份有限公司
地　址：105台北市光復北路11巷44號5樓
電　話：（02）2747-2433
傳　真：（02）2747-2558
網　址：http://www.kadokawa.com.tw
劃撥帳戶：台灣角川股份有限公司
劃撥帳號：19487412
法律顧問：有澤法律事務所
製　版：尚騰印刷事業有限公司
ISBN：978-986-325-699-1